春潮NOV+

回到分歧的路口

UN JEUNE
HOMME SUPERFLU

ROMAIN MONNERY

多余的我

[法]罗曼·莫内里 著

吕俊君 译

中信出版集团|北京

图书在版编目（CIP）数据

多余的我 /（法）罗曼·莫内里著；吕俊君译. --
北京：中信出版社，2025.2. -- ISBN 978-7-5217
-7315-6
Ⅰ. I565.45
中国国家版本馆 CIP 数据核字第 2024V33A73 号

Un jeune homme superflu
© Éditions Au diable vauvert, 2016
Simplified Chinese edition arranged through Dakai – L'agence
本书简体字版权归上海高足文化传播有限公司所有

多余的我
著者：　　［法］罗曼·莫内里
译者：　　吕俊君
出版发行：中信出版集团股份有限公司
　　　　　（北京市朝阳区东三环北路 27 号嘉铭中心　邮编　100020）
承印者：　　河北鹏润印刷有限公司

开本：787mm×1092mm 1/32	印张：9	字数：120 千字
版次：2025 年 2 月第 1 版	印次：2025 年 2 月第 1 次印刷	
京权图字：01-2024-5436	书号：ISBN 978-7-5217-7315-6	
	定价：49.80 元	

版权所有·侵权必究
如有印刷、装订问题，本公司负责调换。
服务热线：400-600-8099
投稿邮箱：author@citicpub.com

目录

第一部分
1

　　化忧郁为幻想，不陷入沉重的思考，却也不轻视生命可能带来的苦痛……
　　　　　　　　——安托万·布隆丹《作品全集》

第二部分
75

　　我对人生所知不多。我只知道人会幸福，然后变得不幸。我尚不知晓这是否有道理可言。
　　　　　　　　——让·梅克尔《打击》

第三部分
159

　　你满心疑惑。你应该去医院做手术："你们好，诸位医生，我来请你们帮忙摘掉我的疑惑。请不要笑，要是不给我取出来，我怕是要死。"
　　　　　　　　——恩里科·雷默特《罗塞蒂》

尾声
275

　　你有几次躺在床上也曾问过自己：你伤心吗？你给自己的回答总是莫名其妙，渐渐地也就懒得问了……
　　　　　　　　——徐星《剩下的都属于你》

第一部分

> 化忧郁为幻想,
> 不陷入沉重的思考,
> 却也不轻视生命可能带来的苦痛……
>
> ——安托万·布隆丹《作品全集》

成年俱乐部

成年是一家时髦的俱乐部，人人都能入场，除了你。

说实话，第一次被人撵出来时，你反倒松了一口气。你本就是勉勉强强而来，为了让你的父母开心，让社会满意；你心底其实坚信，幸福即使存在，也不会存在于这样的庸俗之地。

后来，几年的时间过去了，你的压力变大了，好奇心也变强了。那些人问你："等什么呢，怎么还不进来共襄盛会？"你一律回答"不着急"。真的，不应因为人只活一次就匆忙行事。

再后来，你也试过运气。

路过时试一次。

每个星期试一次。

直到每天都去应卯。

但总有一个守门人脸上带着抱歉的表情向你宣布："我

不能放您过去，先生。下次再来吧。"

拒绝的理由因时而变：你得有同伴、穿好点儿、刮干净胡子、付入场费、有医保、不穿运动鞋、摘掉耳机、把掌机留在衣帽间、不穿有可爱图案的袜子、会修补家用物件、能背诵弗朗索瓦·特吕弗的电影作品集、不为屎尿屁笑话发笑……

长话短说。
过了些时日，你就放弃了。
人不能违拗天性。
既然那边不要你，那就这样吧，你就待在童年区。

如此一来，你把自己划到主流之外，摆脱了"符合标准"或"走在正确的道路上"的沉重焦虑。
你不再需要为赶时间而操心，一身轻松！
你开始好奇为什么全世界的人不都这样缓一缓。

生活在继续。
你失去了一些朋友。
又新交了一些。
你和这帮新朋友原地打转，活像游戏里拒绝进入下一关的角色。系统有一个漏洞，傻子才不加以利用呢。

与此同时，人们继续蜂拥挤入成年的大门。
为什么走弯路的人这么少？
你想不通。
何况还有一些昔日认识的人又露面了，是被成年俱乐部撵出来的。他们被家庭生活磨碎了，被责任压垮了，老了，干瘪了，厌世了，崩溃了，眼中满是悔恨。
这些经历过许多的过来人祝贺你一直掉队，却又补了一句，说一切努力都是徒劳的……
你们注定都会走上这条路——无人幸免。
你也是，不论你怎么做。
你迟早会走那么一遭。

自此，你心怀忐忑。
也许你会失去一切。
也许你正在虚度人生。
也许你看起来像个被岁月磨损的年轻人。
无所谓了。
没有人能告诉你该何时长大、怎样长大。

合租是一盘冷食

合租就像比萨。
光看图美味得很,实际是另一回事。
没有虚拟形象可用来掩饰。
没有云算法生出最优解。
只能依靠运气。

如果它美味,那就是过节了。
如果,不幸地,它尝起来像隔夜的袜子,而你手头又没别的东西可以垫肚子,那也只能是它了。
克制住把它当飞盘玩的冲动。
咽下自尊。
闭上眼。
一遍遍重复"我没得选"。
咬住嘴唇,不让厌恶的表情露出来扭曲了脸。
吃下自己的那一块,不说话,心里祈祷着这东西不会让胃不舒服。
因为合租是一盘冷食。
有时候好吃,有时候难以下咽。
必须弯腰,再屈膝,隐忍,让步,适应。
这不好办。这是一场较量、一道难题。

最怕的是二男一女的合租方程——无解。

分房间

你们三人席地而坐,面前摆着一瓶啤酒和一包薯片。

一个是酷女孩,娇小,棕色头发,眼神俏皮,每次她的出现都会让人脑海里蹦出一首"沙滩男孩"的歌。一个是怪人,木讷寡言的样子和他的姓氏让人想到石斑鱼。还有一个是你。

你们是通过一家房产信息网认识的,都害怕天塌下来会直接砸在头上的三人从此建立了联系。你们之间其实没多少共同点,除了都缺钱、前途黯淡、需要一个屋顶。

搬完家了,或者说基本搬完了。
你们眼神交错,神情困惑。
没法无视那个没人愿意说出口的事实。
房间怎么分配向来会滋生出无穷的问题,更何况房间还不够分。如何分配墙壁?如何统筹空间的划分?该扫去谁的霉运?该浇灭谁的兴头?
其实你们大可以抽长短棍,石头剪刀布,或者玩憋笑游戏——绝对公平，没人能说什么。问题是你们刚认识。

于是，出于骑士精神，石斑鱼和你主动做出牺牲："卧室归你，我们俩睡客厅。"

酷女孩欢呼着拥抱了你们，许诺以后必将报答，然后庄严地宣布，你们是太阳系最棒的男人，又说暂且这样安排，她保证会让你们轮流使用卧室。
"太好了！"你们齐声回道。

稍后，在客厅里，在堆叠得违背重力原理的纸箱中间，石斑鱼和你躺在地板上聊着惯常的废话——你是做什么的？来自哪里？你喜欢足球吗？——只为过渡到正题：她刚才说的"轮流使用卧室"是什么意思？
她邀请你们共度良宵，还是仅仅是换房间睡？
你们俩在疑惑中辗转难眠。

实习侠

你是实习生。依然是，永远是。
在你这个年纪，有些人已经缴了十年的养老金。在你这个年纪，亚历山大大帝已经建立了一个帝国，兰波已经完成《地狱一季》，图派克[1]已经中了四颗子弹，你妈妈已经生了两个孩子。在你这个年纪，你应该感到耻辱。但是说句实在话：你有得选吗？

你想进媒体行业。那个圈子和月球派对上的 VIP 区一样难进。想进去，得有关系。要想有关系，就得有牵头人。想有牵头人，就得做交易。但你的"资本"根本没人放在眼里，否则你也不会沦落到这个地步。

你被流放在职场的等候室里。五年了，你嘴里叼着简历，背后吹着朝不保夕的凉风，从一家公司的实习生做到另一家公司的实习生，就像别人收集护照上的印戳一样。

既然没人要你，为什么还要自找苦吃呢？也许说到底你喜欢这样。实习是一种幼稚的工作，没有责任，没有前景。难道这又是一种推迟成年的方法？也许吧。

金钱，你不在乎。
你没钱，从没有过，大概永远也不会有。

---

[1] 图派克·夏库尔：美国著名说唱歌手、演员。1996 年 9 月 7 日被人连开 13 枪，几日后不治身亡。此案至今未告破。——译者注（若无特殊说明，本书注释均为编者注。）

但这也许就是你的命运：为了人类的福祉，在阴影中劳作；甘做打印机和咖啡机的守护人；挥剑砍掉过滤器上的污垢；一手救出打印机中卡住的纸。

谁知道呢？

换上一套合适的服装，你说不定能出名，名字被载入史书。

实习界的超级英雄……

天气不好时拿谁撒气？实习侠！

堵车了该怪谁？实习侠！

需要得力干将去买东西？取邮件？叫出租车？看孩子？拍马屁？擦马桶？处理尸体？

实习侠！

那个一旦有人需要甩锅或擦屁股时就会奇迹般现身的隐形人。

头戴驴耳朵高帽[1]。

擦鞋垫子做斗篷。

任谁也不能说你在不在都一样了。

---

1 驴耳朵高帽：纸扎的帽子，上面竖着两条长带仿驴耳朵，有的上书"驴"字，旧时法国老师用以羞辱"笨学生"。——译者注

变形记

每天早晨,你都满怀希望地醒来。

那一刻终于来临了吗?你的第二本性终于占据了上风?

你连跑带蹦地冲进浴室查看。

你的心怦怦跳,抬眼,投去祈求的目光。

但每天镜子里映照的都是同样的鼻子、同样的脸、同样的绝望。

脸色苍白,头发凌乱。你不得不面对显而易见的事实:不是今天,今天你仍然无法摆脱可悲人类的境地。

尤为遗憾的是,这个样子根本不像你。

每个人都说,你是个寄生虫。

证据就是街上、地铁上、公司里的所有人都想踩死你。

就是这些人,会在经过你时问一句:"你有什么用?"

你要是知道就好了……

不、知、道,朋友们。

但情况都这样了,你的身体怎么还固执地赖在这里装样子呢?

这才是真正的问题。

想换一层皮,这个要求过分吗?

你要求的不过是让你的日常生活贴上"卡夫卡式"这

个标签,来一场格里高尔·萨姆沙那样的小变形记。

一夕之间,脱胎换骨。让他人的目光得到合理的解释,在美丽的躯壳中消失。

这是真的。
你做梦都想成为别人。
谁都行,什么都行。
但你只能满足于做自己。
这真让人心力交瘁。

大白鲨

有些事情会彻底改变生活。
比方说,跟一个陌生人睡在一间屋子里。
这让你们仿佛置身于不间断的监控之下。但凡你咳嗽、擤鼻涕、打喷嚏,都会导致你的室友拉开你们之间的隔帘并问你是不是故意的。你们怕晚上打呼噜,所以不敢睡。你们怕门发出吱嘎声,所以不敢进门。不敢出门,不敢进门,不敢出门,不敢进门。你们品尝到了苦役犯和流亡者的滋味,付出了与之相同的代价。这代价不便宜……

鉴于这些限制，隐私如同一件奢侈品，你们从未体验过。

哦，可以随意放屁而无须担心引起战火的美好日子一去不复返了！

某日清晨，你被惊醒。

犹豫了几秒钟后，你钻到床垫底下。是地震吗？或者更惨——是枪击？就在你的客厅里！几分钟过去了，在小心和勇敢之间权衡后，你掀起了隔帘。没有预想中的犯罪现场，你只看到石斑鱼坐在沙发上，沉着脸大口地吃着麦片。

"那声响是你发出来的？"

"什么声响？"

"就是你用牙弄出来的声响！你为什么不往麦片里倒点儿牛奶？"

"因为我不喜欢，而且我这人不喜欢把东西混在一起。"

"你知不知道你把我吵醒了？"

"那不是我的问题，而且我要警告你，别在大清早惹我。"

轻易妥协

实习并不能带来什么收获。

但在复印和扫地的间隙里,你有时也能交上朋友。傻大个和你有相同的人生态度:一切努力都是徒劳的。人们骂你们是害虫、废物、垮掉的一代、乞丐,你们耸耸肩,缩起脖子,用讥笑来抵御这一切。

这天中午,你正在电脑前吃抹了番茄酱的面包片,傻大个来找你。

他的表情怪怪的,有点儿不正常。

你不等他开口,先问他为什么一副要捣蛋的熊孩子表情。很明显,这是恶作剧的前兆。傻大个摇头否认,绽放一张蜜一样甜的笑脸,祝你胃口好,你顿时没了胃口,问:"小恶魔,你想搞什么?"他把背靠在贴着公司组织架构图的墙上,你的名字在你梦里都没上过那张图。他一脸无辜地说:"你还记得伊莲娜吧?"

伊莲娜?你当然记得……她在她的乔迁宴上向所有人喊她是"全巴黎最火辣的妞儿"。

这种事情你是忘不掉的,哪怕当时喝到宿醉。

确认了饮水机后面没有人之后,傻大个贴在你耳边说:"伊莲娜,她请我们俩去一个小聚会。去她家聚会……"

还没等你说出一个字，傻大个就扑通一下跪在你面前恳求起来："这样的机会，哥们儿，人一辈子只有一次，你不能犯傻，不能这么对我，你欠我的，说真的，你难道还没明白吗？这种机会可不是随处可见的！"

你们不声不响地对视了好一阵子，就像在西部片里，大办公室是荒野，电脑的散热器发出猎猎风响。他带着哭腔问你是不是他的朋友，是或不是。

你叹了一口气。傻大个缓缓站起来，他掐弄着指甲尖，懒洋洋地说："话说你怎么样？你的三明治好吃吗？"

这是什么问题……你的三明治？他明知道你一不喜欢番茄酱，二不喜欢吃面包心，但你没钱，所以只能吃这玩意儿。

傻大个没等你回答就从口袋里掏出一沓实习生晚上肚子饿时会梦见的东西：餐券。

"说吧，你开个价。"

"你从哪儿弄来的？"

"别管。你开个价。"

你做出思考的样子。

肚子里的咕噜声偷偷告诉你答案。

三四张吧，实在价。

压力无用

刚到公司，傻大个就找上了你。

他紧盯着你，像章鱼触手一样对你纠缠不休。他用哲学家的口吻反复念叨他那套理论，说什么男人并不是天生的，而是后天形成的。

"正如人们所说，一生中必须至少真刀真枪交锋过一次才可以自称为男人。"

"什么人说的？"

"所有人！福楼拜、莫泊桑、萨德、荷马、约翰·B.鲁特……最伟大的人！你要是多读点儿书，而不是整天看电视上的垃圾，早就明白了。"

午间休息的工夫，他给你留了八条信息。

这八条信息告诉你：今夜就是改变人生的夜晚；你们不会后悔的，伊莲娜会等着你们，坚定不移，兴奋不已；你们会像《奥德赛》中的奥德修斯一样展开一段美妙的旅程；你们永远不会忘记这一夜。

对每一条信息，你都用装死回应。

这就是你呀……

一旦需要登场，你就会躲在帘幕后面。

晚上九点，傻大个开始张皇失措了，他给你发来最后一条信息，问你在干什么；伊莲娜已经特意打扮，梳起了大辫子；你最好赶紧过去，你们可是有约在先的，上帝啊，如果你再不滚过去，他会毫不留情地上法院起诉你。

可惜对你来说，压力并不能激励你，反而是你最不擅长应对的。每当有人对你有所期待，你必定会失败。就像初中的某一天，你本该在全班同学面前用长笛吹奏《波希米亚狂想曲》，却只在书包里吐了一顿。而且，你不知道其中是否有明确的因果关系，反正那之后没过几年音乐老师就自杀了。或许就是因为这事吧，你从此一听到"妈妈，（我）刚杀了个人"这句歌词就会忍不住生出一股负罪感。

总之就是这样。

被人推到凌空绝顶的时候，有些人会腾飞，而你只会摔成一摊烂泥。

你给傻大个发了一条信息，说你考虑过了，还是不去了。

太多压力，太多未知。

谢了。

复活节闹剧

合租屋的冰箱要想避免内爆，必须学习火箭的分级设计。不幸的是，并非所有人都能懂得个中深意。

复活节，你给自己买了一只巧克力做的兔子。

你很不好意思地屈服于美味，咬下了它的两只耳朵。

这小兔子真好吃。

你打算留它再平安地度过一些时日，以期给你做个伴儿。但这天晚上，你打开冰箱门——该死的，见鬼！你的兔子只剩下了残渣，确切地说，是残爪。

罪大恶极！

你二话不说找到石斑鱼，明说了你对他这种行为的看法。他没有一丁点儿羞愧的意思，只是冷静地援引人要懂得分享的大道理，说世界上最伟大的文明都是建立在分享的基础上的，最后得出结论：

"无论如何，我无法认同所有权的概念。"

"但我认同。"

"那么，可怜的朋友，你就不适合集体生活。"

你无心恋战，只是重申一遍，他的胃口必须有个度，止于冰箱里他的划区。这个插曲只能证明他是一个贪婪的人，是没有信仰、无视法律的无赖。鉴于他违背了合租必须遵守的头一条铁律——"切勿觊觎邻人之口粮"，作为报复，你不得不吃掉冰箱里他的一点儿东西。

他咧嘴发出虐待狂式的笑，又引用第欧根尼的话，说

"让坏人没法得逞的最佳办法就是一无所有"。

"你尽管找去,里面没一样零食是我的。"

好吧,非常之事,需非常之策。你打开冷冻室的门,他总是在里面放一盒鱼排。

他脸色发白,颤抖着问:"你这是要干什么?"

"你说呢……"

"住手!说好了不动冷冻食品的!"

太迟了……无论如何你都要以牙还牙,你狠狠咬了一口他的鱼排。

你不得不咬了好几口,但其实味道还不错。

大白鲨 2

这是一种人们很少谈及的疾病。

恐声症的特点是对一些别人可能不以为意的声音产生强烈的,甚至过激的生理反应。这是一种典型的会让你的生活一团糟的小问题。

小时候,你险些被父母逼得精神崩溃,因为他们在喝汤的时候总是发出"哧溜""哧溜"的二重奏,他们辩解说这是喝汤的全部乐趣所在。但那时你从来没有产生过纯粹的杀人冲动,从没有双手止不住地发抖,眼睛喷出怒火。

从前的生活还很美好,你不至于被迫跟一个有野猪式教养的人共同生活。

可能此处会有人提问……

假如你的室友每天早晨都铿锵有力地嚼麦片,发出锤子砸东西般的巨响把你吵醒,你该怎么办呢?

有几个选项:

1. 趁他不备,往他的碗里倒牛奶。
2. 把麦片替换成沙子。
3. 在他睡着的时候,用钓鱼线把他的嘴缝起来。
4. 劝他信服晨间辟谷有诸多好处。
5. 以巧妙的手段向他介绍市民新生活运动的要旨,即人人吃饭不露齿,闭着嘴嚼。

终极方案:在他背过身的时候,悄悄走近他,掐住他的脖子,在他耳边低声但清晰地说:"我不想显得像在威胁你似的,但我要告诉你,我曾经为比这小得多的事揍扁过别人的脸。"

低级趣味

论音乐或者穿衣打扮，酷女孩都是高雅品位的化身——有她对"磁场乐队"和波点连衣裙的喜爱为证——然而一旦涉及男人，就完全是另一回事了。

天知道这是什么样的神经功能缺陷，在我们凡人眼里看来很丑陋的东西，在她那里都成了美的。她是怪异美貌的辩护人。断牙的、肩上长毛的、斜眼的、连心眉的、发型像鞋刷子的，尽管不可思议，却真的能讨得她的欢心。

大概是内在美什么的吧。无论如何，她带回来的人能让畸形秀里的怪人都美如写真日历上的橄榄球运动员。

当她通知你们她男朋友会在公寓过夜的时候，你心里已经有数了——多少有点儿吧。但是当那个顶着章鱼脑袋的小个子出现在她身后的时候，你还是产生了一阵疑惑。

她心地纯良，这不是缺点。

她以前就带回过一条流浪狗、一只断腿的鸽子、一台凹凸不平的烤面包机、一个老人、一只老鼠，还有其他一大堆从路边捡来的破烂，都是出于为他们找到一个家的美好用心。

也许这次是一只从马戏团里逃出来的生物？

酷女孩想收留它一夜，等天亮后再托付给动物保护协会？说不定就是这么回事。

可惜啊，真是可惜，正如人们常说的那样。

他们在你惊恐的目光下热烈亲吻，事态一目了然。
你的呼吸停止了，你的视线模糊了。
住口！暂停！
如果生活是一部电影，那么你此刻会按下暂停键，试图想清楚为什么在食物链上相距如此之远的两个生物居然会这样嘴对嘴地连接在一起。

但是章鱼头小个子已经向你伸出手来，彬彬有礼地说："让－厄德。幸会。"

你还没从震惊中缓过来，只说了一句："干得好！"

石斑鱼呢，早就睡觉去了。

西蓝花战争不会爆发[1]

难得你们三个人都在，酷女孩主动提出她来负责晚餐，石斑鱼高兴得跳了起来。你没跳。你对她做饭的天分有所了解，所以你的热情仅止于点一下头。你甚至可能会提前

---

1 标题效仿了法国剧作家吉罗杜发表于 1935 年的戏剧《特洛伊战争不会爆发》。

溜走,声称有紧急情况,比如生水痘了,或者成功来敲门了——"他在下面等我,我跟你们发誓,我不得不去"——然而石斑鱼建议你待着别动:"你最好别给我毁了这个夜晚,否则我会往你的床上洒痒痒粉!"

酷女孩天赋异禀,能把芦笋做成冻薯条,能把火腿片煎成厚鞋底。一只平底锅在手,只见她煎煳了,煮过头了,失败了,她不计成本地添加佐料的热情也无法掩盖锅里散发出来的灾难气味。

当她把劳动成果端上桌的时候,你已经做好了准备。然而这一次它超出了你的理解范围。锅中之物像极了你所能幻想出的生态灾难的场景。你喉咙发干,问她:"这是什么呀?"

"西蓝花!我想换换口味。"

无论西蓝花有什么来历,你都没想到会是这种换法。当回忆中学校食堂的余味侵入你的味蕾时,一阵恶心也从你的食道里升腾起来。石斑鱼探头看了看锅里,连他都笑不出来了。

"真挺有意思的!"他最后只挤出这么一句话。

没有退路了,人必须学会坚强:屏住呼吸,想想别的事情，多喝酒。人生中的苦难都是这般消化的。你把指关节按得咔咔作响——你的小癖好之一。还是不行，真的，你做不到。平时都是以软奶酪配廉价薯条为生的石斑鱼，现在却像个慷慨就义的战士一样投入了战斗。这简直惊掉你的下巴，因为你记得唯一一次你向他提起绿色蔬菜的概念时，他指着你的鼻子笑，说他又不是奶牛，能让他啃青草的人还没有生出来呢……

此时他把头埋在盘子里，就像自行车赛运动员把头俯在车把上，他显然已经改变主意了。

酷女孩向他绽放最美的笑容，这又使得他冒着生命危险，将叉子的移速翻了一番，发出像是享用美食的咕哝声。你也想学他，但学不来，不可能。你僵住了。酷女孩问你有没有什么问题，在石斑鱼带着杀气的目光下，你肯定地说当然没问题。

"我还需要点儿时间。我喜欢在开吃之前先观赏一下美食。"

"需要我去给你拿盐吗？"

"啊对，盐。盐可是好东西。"

她刚一转身，你就抓起一大把西蓝花，手腕轻轻一动，把它们甩到了冰箱后头。去他的礼节，去他的卫生。人总要做出选择，要么良心沉重，要么胃部负重。哪怕冰箱后面长出一丛变异的西蓝花，你也认了。

看到你的空盘子，酷女孩惊叹道："哎哟！我真开心。我以后再做给你吃！"

你不敢拒绝，只是说："倒也不用每天都做……"

石斑鱼没有看到你的小把戏，他在埋头猛吃，两颊鼓鼓的，喘不过气来，这下子突然咳了起来。

他的脸变红了，接着变黄了，然后变绿了。

"绿巨人！"

你还没来得及打趣，问他会不会扯破衬衫和裤子，他已经猛地一把推开椅子，手捂着嘴跑向洗手间，看样子是去归还本应属于那里的东西。

为了讨女孩的欢心，有些人会去摘天上的月亮。

还有些人宁愿呕吐。

不管历史书上怎么写，更值得尊重的往往不是人们通常以为的那些人。

谈话中止术

你话不多。

你大可以援引吉尔·德勒兹，把说话这件事形容为粗俗的、吵闹的、昂贵的、假惺惺的、口气难闻的……但事实是你从来都无话可说。你的思绪在别处,像放飞的风筝。等它飘落到地面,回到你的脑袋里,跟在天花板结网的蜘蛛打声招呼,潜入你堆放各种想法的储存箱,避开黑暗的念头,找出不让你显得愚蠢的词句时,已经太迟了。灯已经熄灭,对方已经离开了。

从他人口中说出的句子在你听来或多或少还有些意义。从你的嘴里只能蹦出一连串夹杂着元音的叹息。

哦……呃……啊……

你擅长制造尴尬的气氛,能把最热情的握手搞得冷场。在这种情况下怎么沟通呢?你找到了一个解决办法。

不管别人跟你说什么,不管发生了什么事,你一律点头,配上傻呵呵的表情,露出白牙,做个乖巧的家伙。即使有一片菜叶遮住了牙齿的光芒也要自认倒霉。其实正好相反,这样的瑕疵使一个人更有人情味,更能引起他人的好感。而令对方自惭形秽的像牙膏广告上那样的白牙反倒不合时宜了。

万一微笑还不能让你摆脱对方喋喋不休的尴尬处境,你就把眼一闭,深吸一口气,使出绝招。

你笑。你听到什么都笑,笑得嗓子都哑了。

"天气不错。""最近好吗?""几点了?"

你笑。

抑扬顿挫的尖锐声调，变着花样的"哈哈哈"。

有时候你可能需要道歉，但总的来说，人们都特别喜欢自己很幽默的良好感觉——尤其是在他们并不幽默的时候。

还有，谁说谈话必须有两个人才能进行？

盘中志气大

有些人靠逆境维系友谊。

但你和马隆都不是拥有绝对力量的"阿尔法男"。

相较于硬碰硬的较量，你们更喜欢一切尽在不言中。

和你的大部分朋友一样，马隆和你在埋葬幻想的共同墓地里结下了友谊。你们二人都失败成瘾，都有存在主义焦虑，这又使你们随时随地都能遭受霉运。但是你们不会讨论这些。从不。你们最痛恨的就是谈论自己。

若有人跟你们打招呼，问"你们好吗"，那他可就惨了。

一旦遇到困难，你们就吃。

有些人在酒吧之间穿梭，你们则在小吃摊之间转场。

吃的时候不需要思考——这就是他的理论。

所以你们一个摊位接一个摊位地吃着三明治、土耳其烤肉卷饼、中东烤鸡肉串、汉堡包、阿拉伯沙威玛、比萨、越南春卷、西班牙塔帕斯小食、椰蓉球，以及其他一切有可能用油脂淹死忧郁的美食。

当你们一致认为再多吃一口就得滚着圆肚子回家的时候，你们相互告别。

而烦恼似乎已经很遥远了。

当肚子里感到沉甸甸的时候，其他的一切似乎都变轻了，想来真是令人难以置信。

缺一不成对儿

一天晚上，三人都在公寓里。

你们正安静地坐在沙发里，观看着电视上一个至关重要的文化类节目《男孩组合：后来怎样了？》，石斑鱼突然决定向你们宣布，他少了一颗睾丸。

你和酷女孩交换了一下眼神，都不知道这是一个玩笑还是一次坦白。

为了缓解气氛，你自愿承担起了装傻充愣的重任："不管你是不是缺一颗，你都是个足斤足两的傻蛋。"

石斑鱼听了竟然一点儿都没笑。他抄起手边离他最近的东西丢了过来——是人字拖，它在空中像子弹一样呼啸而过。你堪堪躲了过去，使出的那一套背部扭转动作就连沃卓斯基姐妹[1]都挑不出毛病。他没有向你表示祝贺，反而对你破口大骂，然后把满是泪水的脸埋进了靠枕里。酷女孩是那种不求甚解的人，她在这时候宣布她要去睡了。她用唇语跟你说"加油！"——这倒是你应得的。

你不知道该说什么，只能狂按遥控器，找体育节目。战争场景、洗发水广告、厨艺大赛……终于转到一场足球比赛，石斑鱼如同中了魔法似的回到你身边坐好。你等了几秒钟，在这几秒钟里，一个球员痛苦地蜷起身子，大声求助，喊救命，然后若无其事地站了起来。

这时候，你才向他道歉。

你说你不知道他刚才说的是不是真的。

石斑鱼陛下高抬了一下贵手，表示那件事已经过去了，再说那就是他瞎编的。这下子轮到你糊涂了。编这种故事能有什么好处？石斑鱼用嘴角叼着牙签，露出一副权谋家的嘴脸。

"我扮演的是一个容易受伤的男人、一只从巢中坠落的小鸟——女人就喜欢这样的。"

石斑鱼有一大堆关于女人的理论，听起来倒也不太

---

1 电影《黑客帝国》的导演，该影片中有扭转身体躲子弹的经典场面。

难懂，但问题在于他的标准一天一个样。她们一会儿钟爱摩托车手，一会儿喜欢运动型男生，一会儿又喜欢商务男士……他经常据此用归谬法得出大家普遍认同的结论，即人们连衣服都不会穿了，从短裤跳跃到皮夹克。

但这一次，不得不说他超越了自己。

"你除此之外就编不出别的瞎话了吗？比方说，找个更容易证实的东西。你设想一下，万一有一天你跟她交往了，到时候你怎么说？"

"哦！你认为我有机会吗？"

"我没这么说。"

"那你在暗示什么？"

"我什么都没暗示！"

"你认为我不行，配不上她，是吧？我说，你看见她带回来的那些人的德行了吗？你看见他们的长相了吗？那就是活生生的证据，证明我们都有戏，不是吗？"

"啊，哪儿来的'我们'？我可没想要过什么。"

他向你射来一道黑色的目光。

"你懂什么撩女孩技巧？你以为蹲在角落里，什么话都不说就能找到真命天女？"

"你为什么非惹我不可？我什么都没说啊！"

"这就是你的问题,你从来、什么都不说!"

女孩的父亲和你

你一直不知道该怎么和你的父亲或母亲说话。

可能要怪代际冲突,怪儿时残余的负罪感,或者是出于对衰老的恐惧……你也说不清楚。反正事实就是,面对父母——不管是谁的父母——你总是无所适从。他们只要在场,就能把你变成一株巨型仙人掌:不能动,也不能说话。

然而,酷女孩决定请她的父母来过夜,仿佛这是再正常不过的事情。而你不这么认为。

你们的公寓好似彼得·潘的王国,成年人无权涉足。

反正你是这么看待它的。

于是,作为这一夜的补偿,你放逐了自己,灌下一杯又一杯啤酒,只为回去得足够晚,躲过"太太,先生,晚上好"的考验。午夜的钟声响过,你估摸着可以回家了。

你踮着脚尖,穿过走廊朝你的床走去。半途中,厕所的门开了,差点儿把你撞倒。酷女孩的父亲出现在你眼前,浑身是汗,身材壮观,面貌凶恶,而且没穿衣服,一丝不挂。

不可避免地,你的脑袋一片空白,身体僵在原地。

说实在的,即使你是巧言善辩领域的莫扎特,深更半夜撞上了室友那不穿衣服的父亲,又能说什么呢?

是不是应该称赞他肚皮的弹性,并指出他肚脐周围的体毛构成了一个等腰三角形?或许出于礼貌,应该询问一下他的肠胃状况?打听一下他老家是否有光着屁股在别人家里溜达的习俗?不妨向他承认你也爱在卸下一坨重负后哼唱流行歌曲。或许还可以借此良机称颂一番他的优质基因,使世上有了一个那么漂亮的女孩。既然谈到这儿,何不干脆表明心迹,征求他的同意?或者干脆往他脚边啐一口痰,直截了当地宣示,不管你是不是成年人,这里都是你的领土。

然而都没有。

在紧张的情况下,你的消化道有替你说话的坏毛病。

于是,一如既往地,你打了一个嗝儿,你连声道歉,然后蹭着墙摸上了自己的床。

月光下

暴风雨预警。

石斑鱼最近变得异常尖酸，仿佛一张口就会有胆汁流出来。如果不幸有一个唾沫星子落到地面上，准会侵蚀出一个巨大的深坑来。

一切肇始于上个星期天，他站在窗边，控诉这个疯狂的世界，低声咒骂"糟糕的天气"，而窗外明明阳光明媚，最适合美黑。次日，他宣布要停止剃须，以此明志。又过了两天，他决定从此不再洗澡。最终，在今天晚上，他突然扑过来把你叫醒，用仿佛来自墓地深处的声音问道："你能告诉我，我们活着是为了什么吗？"

你不知道该怎么回答，决定用行动代替空话。

士气亟须提振。今天晚上你要带他去月光下漂白他黑暗的思想。你们会去买一份烤肉卷饼，站在横跨塞纳河的桥上。桥下游船上的游客们像擦玻璃工一样，肯定会习惯性地冲你们挥手，到时候你们就泼他们一脸肉，大喊："这就是巴黎！"

女邻居

大太阳。是时候启用阳台了。它迄今为止只被用作储物区,存放着一堆空瓶子,等待着某位殷勤的人儿把它们护送到垃圾该去的地方。你推开窗,夏天跳上你的脖子。哦,玩耍!哦,大裤衩!你把这个好消息告诉了石斑鱼,你提议了烧烤、游泳池、火箭冰激凌、水气球、开胃酒,他说了一个词:橄榄球。

橄榄球之于石斑鱼有点儿像满月之于狼人,虽然不能说是什么乐事,但那是超乎他自身控制的东西,他无法逃避。

比赛一开始,他就会化身为羊驼,吐唾沫,大声咒骂,能衬得《丁丁历险记》里的阿道克船长像一位和蔼可亲的小丑。

今天是法国对英国。无须多说,这将是一场鏖战。

你不太想看杰基尔博士和海德先生[1]反复交替变身的场景,于是躲到了外面。

躺在帆布折叠椅上,手捧一本杂志,播放器的声音开

---

[1] 出自美国作家罗伯特·路易斯·史蒂文森的惊悚小说《化身博士》,杰基尔和海德是主人公的两重人格。

到最大，勉强盖住石斑鱼激情的号叫，你俨如一个国王。你读完了一篇颇具震撼力的文章，题为《我的鹦鹉救了我的命》。这篇文章完美结合了逻辑与情感，堪称伟大的艺术。当你想到这个故事为新闻业和飞禽的统治带来的前景时，突然，一个女声把你从半梦半醒中唤了回来："有人还挺好学的嘛！"

你睁开眼：没人。你抬起头，顶着耀眼的阳光，看到一个气质高贵的美女，手肘支在隔壁阳台的护栏上。你大声咽了口唾沫。她在抽烟。从什么时候起邻居换成了奥林匹斯山上的女神？为什么偏要让她撞见你正在看一本八卦周刊？再想想你曾多少次在地铁上假装阅读大卫·福斯特－华莱士或陀思妥耶夫斯基的作品以博人眼球啊，真叫人感慨苍天不公。

苍天不作美，人更当自强。你站起身，清了清喉咙，仿佛要朗诵一首龙沙的十四行诗，或者说唱歌手"妇产科医生"的当代诗——"不管他们怎么说你，妞儿，哥们儿爱上你了。"然而，还没吐出第一个字，你就被石斑鱼按回到了躺椅上。他浑身上下只穿着大裤衩。

"真带劲！我们把英国佬干翻了！半场三次带球触地！"

你奋力推开他，重新站起身，做出一副跟他不熟的表情。

要是女邻居误以为你们俩是好朋友，那可就完蛋了。

石斑鱼挠了挠屁股,他看起来心情很不错。

一片云飘过,太阳不见了,女邻居也不见了。

只有博客知道

你从未进入过四维空间,但你敢打赌那里就像星期天。时间凝固了,世上只有你一人,脑袋沉沉的,打发时间的唯一方式就是把头埋进枕头里,带着仿佛刚吞下三份酸菜炖肉的不适感。

是的,星期天最难消化。

尤其是今天,无聊把锋利的消沉之刃抵在你的喉头,恶狠狠地说你下午最好做点儿什么,否则晚上就等着失眠吧。

你无路可退,打开了电脑。

你活动了一下想象力的筋骨。

一番深思熟虑后,你决定开一个歌颂石斑鱼的博客,记录他历来的丰功伟绩和时不时冒出的惊人妙语。

说到底,互联网不就是个巨大的公共记事本吗?

世界有权知道。

听到了这些人生道理却秘而不宣,那简直是犯罪。

我并不是把癌症和单身相提并论，我只是说其中一个比另一个好治。

我不喜欢看鬼故事，但我上次看到裸体女人，应该是在前世。

我觉得去夜店没劲。我是个浪漫主义者，要是必须上床的话，那必须是在博物馆或者展览馆里——最次也得是图书馆。

据说每个人心里都有一头野兽。我的那头野兽啊，我可以告诉你它像什么。它是一只老鼠、一只鼩鼱、一只田鼠、一只宠物兔——反正就是个无害的小家伙。

我跟你说了吧：女孩们才不在乎美丽心灵和甜言蜜语。她们想要的是满手油污的摩托车手，以及让她们起飞的大排量汽缸。所以说，别抱任何幻想了——没有摩托车就没戏，别费劲了。

开战宣言

这几乎是一个诅咒。

只要有配偶、情人或任何不支付房租的外人来暂住,合租公寓就会变成战区。

公开战斗,迫击炮发射,辛辣回击。
嗒嗒嗒嗒嗒。
不戴头盔就出来冒险的人活该倒霉。
到处都是流弹,走廊是雷区。
客厅局势紧张,冰箱围着带刺的铁丝网。
遥控器是兵家必夺之物,动辄引起战火。
不管有没有熄灯,都要宣示领土主权。
休息一下,溜回你的房间,闭上你的嘴。
关键是永远不要向敌人让步。
否则休想再有好日子。

今晚,酷女孩邀请她的男朋友来看电视。

你们仨排排坐,一起坐在沙发里看电视。看这个节目需要抛开脑子,不然就会对人类的未来产生太多质疑。石斑鱼的人生原则不允许他看垃圾节目,他在屏风后面躺下了,但眼睛瞪着天花板,时不时发出一声如嗔似怨的叹息。

你本该全神戒备，立场坚定，但世事就是如此：你指不定什么时候就一脚踩空了。在降智带来的愉悦中，你被酷女孩男朋友讲的一个笑话逗笑了。那还是一个烂笑话。等你反应过来的时候已经晚了。你竭力退回冷漠的战壕，凛然摆正战斗姿态，但是晚了，你已经和敌军缔结了盟约。石斑鱼都看到了，也听到了。

不认账也无济于事。

当只剩下你们两人的时候，你像往常一样问他玩不玩《实况足球》。没有回答。你提议再看一遍《会考风波》。没有回答。你只得熄了灯。几分钟后，你头上挨了一枕头。砰！你还没来得及回击，就听见一位骑士声振屋瓦的宣言。

"不与我同战者，就是同我作战！"

目光即地狱

从前一切都很简单。

一点点小事就能让你开心。
你倒立行走。
你在屋顶唱歌。

你在餐桌上跳舞。
你光着身子闲逛。
你什么都不怕。

你不停地笑。
你脚不沾地。
你生活在月亮上。

然后你发现了他人目光的重量。
一切都不复从前。
你如同从高处坠落。

单身人士的卫生

石斑鱼和你很少有意见一致的时候。

你们辩论有朝一日阿诺德·施瓦辛格会不会当上美国总统。你们试图搞明白为什么冷冻比萨上的橄榄总是比包装盒图片上的少。你们争论彩票的价值、填字游戏的答案、恐龙的灭绝、摇滚之死、人能否在沙漠里用自己的屎尿生存——如果能，怎样用？

但你们最谈不拢的，是卫生问题。

就像冰箱里的食物一样，你们都想当然地以为各管各的就没事了，但问题是你们永远说不清是谁弄脏的。地漏里塞满头发，电视屏幕上有手印，遥控器油乎乎的，你们来回踢皮球："凭什么让我收拾你的烂摊子！"

这场冷战的结果是摒弃了一切形式的清扫，战后的公寓成了混乱的天下。坏习惯不断累积，这是比脏大会。空易拉罐直接往身后丢，嚼过的口香糖粘在天花板上，墙壁成了大号记事贴——"你妈来电话了，傻瓜"，毛絮团到处飞舞，阳台成了垃圾场，脏碗碟叠成山，从洗碗池堆到天花板，中间暗藏一支有放射性的蟑螂大军，随时准备出来征服世界。有一天，石斑鱼妄图不整理碗碟就打开水龙头，结果引发碗碟山一角滑坡。由于他只用手吃饭，所以他认定这不是他的事。从那以后，你们不再踩在鸡蛋壳上，而是踩在玻璃和瓷器碎片上。

简而言之，你多多少少实现了在垃圾场生活的儿时梦想——就像动画片《希斯与利夫》里的猫那样。

又有一天，石斑鱼进卫生间后立即发出一声能使血液结冰的野兽般的号叫："给我滚过来！马上！"

你拖着脚步，在酸奶盒和薯片袋之间开出一条路。石斑鱼仿佛在做发声练习，把卫生间变成了音乐厅。你心想，他这么激动，但愿不是因为管道出了什么问题，你们的财政可承担不起那么大的工程。

你埋怨道："怎么，出什么事了？难道还需要我教你怎么……"

你还没来得及把话说完，他就把你的头按进马桶里。

"你没有羞耻感吗？做个文明人就那么难吗？你就不能像个人那样冲马桶吗？你这个畜生！"

眼前的景象真让人无法直视。你本该紧闭双眼以免造成认知方面的损伤，但你被催眠了，仿佛有个声音在对你低语："来……来呀……坠入黑暗吧……"

你哀求石斑鱼把你拉出去。你以你母亲的脑袋、你的枕头和最喜欢的麦片品牌起誓，你跟这件事没有任何关系。

"如果不是你，那还能是谁？嗯？你还不如说是酷女孩干的呢！"

"这是唯一的解释。"

"不可能。"

"为什么？"

"这不像她……"

"因为它像我，是吗？"

"当然！它和你就像一个模子里刻出来的！"

你又往马桶里瞥了一眼：那令人作呕的杰作自顾自地

在水中动了一下，任人评说。

乔治·康斯坦萨[1]的一句话在你脑海里回响："我觉得它动了。"

"也许我们该把它拍下来。想想吧！说不定我们目睹了一项世界纪录，或者是一种新的外星生命。"

石斑鱼摇了摇头，眼睛里写满了厌恶：不准拍。

他按下冲水按钮，关上门，让你发誓永远、永远都不再提这件事——"它"从没来过。

很久以来的头一回，你们俩在一件事上达成了共识：你们不能继续在这样的条件下生活了。

天亮后自会知晓

你今年的第三次实习结束了，谢谢，再见。

你略感抑郁。

公寓里，石斑鱼和酷女孩正在对着20世纪80年代的情景喜剧发霉——那是一个美好的年代，那时候的问题都能靠一局弹珠游戏或桌式足球解决。

你站在电视机前面。

---

1 美国电视情景喜剧《宋飞正传》中的角色，下文是他在剧中的一句台词。

得到的是抗议、死亡威胁，以及"好狗不挡道"的咒骂。

你置观众的敌意于不顾，双手抱头，两眼望天，用悲剧演员的腔调发出慷慨激昂的控诉："失败，超级无敌大失败……"照这样下去，你中彩票都比被任何单位正式录用容易。

"有天使飞过[1]。"

或者只是苍蝇或蟑螂。

音箱里传来一阵录制好的笑声，仿佛在他们那里，多愁善感没有容身之地。

你抬起头来，寻求支持，期待掌声。

你的室友们无声地盯着你，满脸恼怒。

这个夜晚头开得不好，你给它造成了麻烦。

为了挽回局面，你提议换个地方。

你们三人共处的时间总是在这间公寓里，来去匆匆，不是在看电视就是在休息。这小团体的炭火，再不吹口气就要熄灭了。

"喝啤酒去！"

每次一听到有人说出"啤酒"一词，酷女孩就会来一段抖肩舞。最兴奋的还要数石斑鱼，他虽然酒精过敏，但抖动的胸部比什么都更能让他心花怒放。

---

1 法国谚语，用于形容聚会时突然间所有人都默不作声。——译者注

你们腋下夹着啤酒瓶，在圣心大教堂前的台阶上坐定。巴黎就在脚下，未来遥遥在望。你们沉浸在俗套的布景中，但是当水淹过头顶的时候，能踩在高处的著名景点上也不失为一种安全措施。

借着酒劲，你们开始谈及平时不会宣之于口的话题：你们对生活有什么期待？儿时有什么梦想？十年后你们会在哪里？然后就不可避免地聊到了感情这个永恒的话题。酷女孩挑起了话头。

"你们爱过吗？"

"可能吧。"你答道。

"很多吗？"

"那要看是否把电视节目主持人算进来了。"

石斑鱼塞了满嘴的薯片，喷着碎渣说："那是幻想，和感情没有任何关系！"

"是吗？"

"懦夫才幻想——就像你这样不敢面对现实的人，就像法国队赢得世界杯时说'我们'如何如何、情况稍有不妙就撇清关系的人。幻想就是懦夫才会干的事，是提前逃避。爱情完全不是一码事：爱情是日常，是习惯，是口臭。爱情是甘愿一起无聊，是在对方身上看到其他任何人都看不到的东西——不论早晨、中午还是晚上，不论有没有化妆。"

沉默了一会儿后，他又补充道："爱情是什么，我清楚得很……"

酷女孩脸红了，扭头看着你问："你是怎么想的？"

你打了个寒战。阳光爬上了她的鼻尖，天空慢慢染上了紫色，远处有几个醉汉在叫嚷："五点了，巴黎起床了。"酷女孩朝你微笑。你不知道说什么好，于是你也笑了。你们相视而笑，先是微笑，然后咧嘴笑，久久地。

石斑鱼咬紧牙关，目光如炬，插话道："也该走了吧？"

看来谈情说爱的时辰已过。

友谊不是一日建立的

我们往往需要时间才能弄明白是什么把自己跟某个人联结在一起的。石斑鱼和你差不多就是这种情况。

你们如猫狗般互不相容，但既然抬头不见低头见，就不得不努力相处。

这天晚上，你们决定看一场球赛——出门看。出公寓走不了几步，就有一家你们常去的酒吧。那里的老板叫你们俩"奇奇"和"蒂蒂"[1]，你们一直不知道该如何回应。

---

[1] 源自迪士尼动画片《奇奇与蒂蒂》，主人公是一对花栗鼠兄弟。

酒吧里一个客人都没有，老板看起来心情很糟糕。让你们干等了十分钟后，他才朝你们这桌走来："两位想要什么？"

两位想要什么，他其实心知肚明：最便宜的啤酒，而且是"欢乐时光"[1]价，快点儿上！

吧台上面的大钟显示"欢乐时光"即将结束，如果他再不抓紧点儿，你们就得按全价支付了。那老板是个滑头，他心里清楚着呢，故意拖延时间。

"我看今晚会打个0比0，你们说呢？"

不等你们做出预测，他就开始自顾自回忆自己踢足球的往事。他说他踢得很好，要不是这该死的膝盖伤，他一准儿、肯定、敢对天发誓，早就效力于皇家马德里队了。

你对他的人生经历就和你对自己喝的第一杯石榴汁一样毫无兴趣，但当一个200斤的大汉跟你说话时，你最好做出一副认真倾听的样子，并不失时机地用"哦，是吗"附和他。他的高谈阔论结束了，又问你们想喝点儿什么。

"一杯'欢乐时光'的啤酒。"

他瞥了一眼时钟，做出惋惜的表情，但那表情中隐约透着一丝得意的笑："朋友们，'欢乐时光'两分钟前刚

---

[1] 酒吧在傍晚至晚上八九点顾客不多的时段会对酒水打折，以招徕顾客，免得场地空置。——译者注

结束。"

你们在心里盘算着预算之外的酒价,眼睛盯着电视,随后你们振作起来。毕竟欧洲杯半决赛不是每天都能赶上的……当然,前提是要调到正确的频道,因为此刻屏幕上放的是一场赛狗比赛。

如果在平时,你们也不至于不高兴,但今晚有更重要的节目。你扭头对石斑鱼说:"做点儿什么吧。"

"凭什么是我?"

"因为轮到你了。"

老板端着你们点的啤酒回来了。石斑鱼张了张嘴,但没有发出声音。他费了好大劲,终于用低得不能再低的声音说:"不好意思……"

老板没让他说下去,用手掌拍了一下自己的额头,怪自己刚才没想到,是他失职了。他转身朝着遥控器所在的吧台走去。

"你看,让人尊重你并不难,只要让人听见你的声音就行了。"

屏幕上,狗仍在追寻着它们生命的意义,仍然没有足球的影子。老板又回来了,嘴角挂着笑,手里拿着一大碗受潮的薯片,放在你们面前。

"给,这下齐了。"

你们这时候就该站起来,问他是不是在拿你们寻开心,让他立刻换到球赛频道，否则场面可就不好看了。

但那不是你们的风格。在"阿尔法男"的冲冠一怒和"贝塔男"的温和隐忍之间，你们连一秒钟都不会犹豫。

"我们怎么办？"

"就在这儿待着。要是我们走了，他就赢了。"

"有道理。"

于是，你们小口小口地啜饮各自那杯昂贵的啤酒，看没有声音的电视，听声音巨大的音乐。你们的牙关紧咬着。夜色渐深，酒吧里逐渐挤满了人。一些人开始跳舞。有人让你们挪开点儿。一次。又一次。石斑鱼用他的吸管吹出响声，你拿手机当陀螺玩。你们没有碰薯片。为了不浪费啤酒钱，你们一直耗到了曲终人散。

这就是你和石斑鱼的共同点：你们都很腼腆，也有一点点抠门。

但这足以缔结一段友谊了。

笨人多虑

在香榭丽舍大街附近的一家时尚俱乐部里，你见到了那个女孩，你们要做一次所谓的"氛围报道"。

又是一个不靠谱的计划，旨在评估你是否有能力做不拿报酬的实习生——算是某种不稳定工作的面试吧。

她负责拍照，你负责采访。

时候尚早，没什么人，她建议先喝点儿东西。你其实不渴，但只要她开心，哪怕让你用她的靴子喝你都乐意。

你们刚刚在一张桌前落座，她就问你是否介意换个地方。"这里太暗了，我看不清你的脸。"就是这样，没有任何开场白，她上来就讲起了她的生活、她的工作、她的苦闷，还特别提起了她的前男友。在接下来的长时间的沉默里，你意识到自己得说点儿什么。

你耸了耸肩，说："我们生活的这个时代真挺逗的。"

"我不知道我为什么要跟你讲这些。我累了，你恐怕认为我疯了。"

也许有一点儿吧，你脑海里闪过这个念头。但怎么说呢？说到疯狂，你可没资格教育别人。再说她那么美……

她笑了："你的眼睛真好玩，显得你总是一副吃惊的样子。"

"真的吗？"

"真的，看起来像个小男孩。"

你尴尬地低下头，提醒她该开始工作了。女人总是把你当成孩子，太烦人了。

你们完成了各自的任务，这期间你们或是眼神相交，或是擦身而过，每一次都使你脸红到脖子根。报道一结束，你们就直奔出口。

到了人行道上,她点上一支烟,问:"你困吗?"

你还没来得及回答,她就把一团烟雾吹到你的脸上,说:"我一点儿都不困……"

这就是传说中女人发出的信号吗?你怎么会知道?你不是那种勇于冒险的人,就像吸血鬼,在对方发出邀请之前,你什么也做不了。

既然她没有更进一步,你便把这一切当成一个误会。不管怎么说,这个女孩对你来说也好得过分了。做人要现实一点儿,还是在沉默使人尴尬之前道别吧。

"好吧,就这样……"

就在你俯身要跟她行贴面礼告别时,你突然打起了喷嚏,连打三个。你抬起头,鼻涕挂到了嘴上。她笑了。

"真是受不了,我就喜欢笨笨的男生。"

你大声吞了一下唾沫,不再有任何怀疑了。

她喜欢你,你喜欢她,你们互相看对眼了。

害怕局面会失控的你打了个浮夸的哈欠,说:"哎呀,我可是累坏了,拜拜!"

然后你拔腿就跑。

语言交流

你正要在电脑屏幕前睡着时，石斑鱼横空冒了出来。好吧，所谓"横空"，其实就是从他的屏风后面出来，不过那样说就没有戏剧感了。

"你想不想度过一个美妙的夜晚？我说的是无比美妙的夜晚。"

"看情况。如果是像上次那样到头来大家一起看多米诺骨牌比赛的话，那我就不去了。"

他嘀嘀咕咕地说你什么也不懂，多米诺在他看来是男人的运动，是对耐心的考验，是精细的计算，是生命的缩影，不过这不是重点。重点是今天晚上，他的两个女性朋友在巴黎……

你心想，也许最后看多米诺骨牌比赛是更好的选择。

你们跟两位女孩约在"咳嗽狗"见面，那是一家爱尔兰酒吧，老板是个怪人，爱在歌曲的间隙让他的罗纳威犬抽烟斗——反正就是个好玩的地方。石斑鱼在路上就兴奋得难以自持。

进入"咳嗽狗"，你们一眼就认出了奥德和利蒂希娅，但也发现了一个问题：并非只有她俩。她们给你们引见了金特，一个她们在车站遇见的"很好"的德国人。金特果然好得不得了,十分钟内他就分别与两个女孩拥吻了。

令人悲伤的一幕。

这是一堂用外语教学的大师课。没什么可说的,这个金特是个行家。

冷不防,两个女孩收拾好了随身物品,然后跟你们要公寓的钥匙,没有丝毫见外的意思。

她们累坏了,要睡了。石斑鱼把钥匙给了她们。金特一口干了杯中酒,跟上她们。经过你们身边时,他拍了拍你们俩的肩膀。

"朋友们,你们都是横(很)好的淫(人)。"

你不知道怎么用德语道谢,只好退而求其次,用西班牙语说了声"谢谢"。"一家三口"手挽着手离开了,石斑鱼紧握拳头,从牙缝里挤出恶狠狠的咒骂。

"你看见了吗?简直是奇耻大辱!德国佬先是让我的家人遭难,现在又来一个肮脏的家伙当面羞辱我!"

你顿觉不安,问他是不是他的祖父在第二次世界大战中被杀害了,他说不是那回事。

"但是我跟你说,1982年世界杯法国和德国的大战绝对不容遗忘!我爸为此抑郁了两年,我妈差点儿跟他离婚。"

为了转移他的注意力,你提议玩一局飞镖,但你们的心思根本不在这里。在差点儿把老板的罗纳威犬射成独眼狗后,你们只好叫停。出于惯例,你们点了一杯啤酒,但几乎没碰杯子。

回去的路上，你们肩并肩走着，一言不发，挫折像影子一样跟着你们。

回到公寓，你们又遇到了新的麻烦——门打不开，有人从里面挂上了防盗链。你们挠了好一会儿门，愣是不敢大声喊，怕吵醒邻居。

"ES GENUGT!!"（够了！！）

金特过来了，上半身裸露，腰上围着一条浴巾。

"WAS WOLLEN SIE?"（"你们想要怎样？"）

你想跟他说，这里好像是你家，说他围在腰上用来挡那玩意儿的浴巾好像是你的，说你想用拳头揍他的脸，但一时间你的德语停留在"frühstück"（早餐）和"plötzlich"（突然）两个词上。你想了半天，终于说道：

"Wir, Kaputt."（我们，坏了。）

"YA, YA."（好，好。）

金特给你们打开门，然后转身，小碎步跑回去忙他的事了。

一整晚，你都期待着石斑鱼会站起来，像个聋子一样不停地捶门并喊叫："我才是这里的主人！我以法德友谊的名义要求你们，给我开门！"

但那一刻终究没有到来。

第三类接触

闹钟响了。

灾难降临。

你上班迟到了——别高兴得太早,这只是另一份实习工作。你从床上一跃而起,速度堪比一只百岁蜥蜴。你从脏衣篓里挑出一件看上去最平整的衣服,最后喷了两三下清新海洋除味剂,用来盖住昨晚的汗味。

你急匆匆来到走廊,突然被一个半人半牛的怪物拦住了去路。简直像在做噩梦,难道你不知什么时候又睡过去了?

不管三七二十一,你先躲进了洗手间。

随后,你一手抓着马桶刷,一手持一卷卫生纸冲出来,试图击退怪物。

走开,牛头怪!

你隐约听到了一个声音。原来这怪物是酷女孩的新男友,刚才是严重的误判。他没有怪罪你,伸出一只手来,另一只手还插在裤衩里。

"我叫何塞。幸会。"

一个那么可爱的女孩子怎么会有这么糟糕的品位呢?

不能让对话进行下去,不能让自己陷入"你最近怎么样"这类俗不可耐的客套话里,你躲开这个可怕的生物,只是点了点头作为回应。

在甩上门之前,你终于没忍住加了一句——哪怕你之前说过。

"干得好。"

冷气

住在超市楼上有不少好处。

比方说,夏天可以省买风扇或装空调的钱。

在气温高得让你感觉自己像土耳其软糖的时候,你直奔冷冻区,把脑袋伸进比萨冰柜里就会恢复人形。

不便之处在于,你们一次次地在冷鲜食品中间找安慰,拿瓜果当球玩,保安开始不高兴了。

"你们不能总在这儿待着,这儿不是游乐场。"

"那也不能赶我们走,"石斑鱼抗议道,"顾客是上帝!"

"哦,是吗?你们上一次消费是什么时候?"

你们交换了一个眼神。

想到你们把卫生纸藏在大衣里偷偷带走,把除味剂专区当成你们的第二个卫生间,再想想那数不清的被你们吃掉却没付款的薯片,不得不承认,你们不是本月最佳顾客。

穿伏特加的女王

7月14,法国国庆日。在傻大个的撺掇下,你和酷女孩决定舍身投入黑夜。目的地:"协和大西洋号"[1]。远处是方尖碑。

酷女孩照例吸引了所有的目光,所到之处无不燃起欲火。

你走在她的阴影里,而傻大个一遍遍地念叨:"哥们儿,今晚有搞头!"

这话你听着耳熟。

你们坐在露台上,咬紧牙关,啜饮着苦涩的啤酒。姑娘们的目光从你们身上划过,就像落在雨衣上的水滴一样留不住。你们比那个在电影《迈阿密风云》里光着膀子穿白西服的家伙更不受待见。真是灾难,又是、总是灾难。

傻大个突然意识到一件事。

"她去哪儿了?"他边问边四下里寻找酷女孩。

"上厕所去了。"

你看了一眼手表:她已经去了三刻钟。

---

[1] 停靠在塞纳河左岸的一艘三层大船,可用面积450平方米,是一处休闲娱乐场所。——译者注

你们二话不说，起身去找人。

楼梯，昏暗处，柜台。

植被茂密，空气中弥漫着脚臭味。没有酷女孩的踪迹。

傻大个把手放到你的肩头，说："我们尽力了。走，去喝一杯缅怀她。"

幸好你知道怎样能让他重燃斗志。

"她觉得你挺可爱的，我跟你说过没有？"

"嗯？什么？去那边找找！"

你们回到酒吧，想去看看她是否溺死在自己的酒杯里了。在半空的舞池里，她正乱舞着，T恤掀到了头顶。

你们一边跟着节奏摇摆，一边靠近她。手里抓着一大摞杯子、忙碌地穿梭在舞池里的酒保叫住了你们。

"我看你们的朋友喝醉了，你们还是把她送回去吧。"

"没有的事，她只是和舞蹈的关系有些复杂。"

你抓住酷女孩的胳膊："我们该回去了。"

"放开我！没看见我正在忙吗？"她朝你的脸啐了一口。

旁边还有三个男的，一个长得像雅克·希拉克[1]，还有

---

[1] 雅克·希拉克：法国前总理、前总统。

一个活像楚巴卡[1]，第三个，哦，原来是个女的。

你死活拉不走她，只好在她边上跟着跳，挥舞胳膊，身体笨拙，脑袋耷拉着，心里隐隐地期望着这一切能合上什么拍子。

傻大个在空中比画打屁股的动作——为什么？你不得其解——而你只顾拿眼角余光盯着酷女孩。

那简直是一次开业大酬宾。她慷慨地发放笑脸、抚摸、眨眼。

你几乎不知道该做何感想。

为什么整个世界在她的眼里都魅力四射，唯独你不讨喜？

最终，她跟一个长相能吓哭小孩的家伙走了。

这下可以了，够了。你转向傻大个，冲着他的耳朵大喊："烤肉！"

这是你们的暗语，用于表示夜晚结束。时间到，不做无谓的挣扎，终点站到了，通通下车。傻大个抛开了自尊，克服了性本能，干脆利落地停止了比画。

"啊，是不早了！"

坐在一面卫生堪忧的镜子前的矮凳上，你们俩复盘了

---
[1] 楚巴卡：《星球大战》里全身毛发的外星人。

这个夜晚。

傻大个满嘴白酱和来源不明的烤肉，陷入了哲学思考。

"你知道孔夫子是怎么说的吗？食色，性也。不过要我说啊，把力气都用在吃上才是大智慧。"

没听到你接话，他又说："你室友……"

"我室友怎么了？"

"她让我联想到乔治·桑。"

"你这话是什么意思？"

"感觉她已经参透了人生！不欺不骗不争不辩：她别无所求，就是想搞。"

"才不是……"

一阵突如其来的忧伤攫住了你，而傻大个发起了又一轮更猛烈的攻击。

"这很明显！她就是想和男人上床。"

"喂，不许你这么说她！"你生气了。

"你爱上她了还是怎么着？"

游乐园

夫妻不和时要找婚姻咨询师，那么合租出问题了就要找米老鼠。

是时候外出散散心了。目的地：迪士尼乐园。

你们从楼里出来时天还是黑的。上一次你目睹曙光——睡一觉之后——还要追溯到上高中时。石斑鱼的背包里散发出一股令人作呕的鹅肝酱味。你凑上去嗅了嗅，马上又后退一步。

"你身上有死尸的味道，你知道吗？"

当酷女孩去买三人的地铁票时，石斑鱼一拳打在你的肩上。

"犹大！你敢跟我说说你在搞什么鬼吗？你以为我不明白你那套把戏吗？她是我的！休想顶替我，哼！像你这种人我见得多了。"

"蠢货！"

"可怜虫！"

酷女孩满面春风地走回来，拍了拍你们的头，又牵起了你们的手。

在乐园里，一件奇怪的事情发生了，就好像你们体内沉睡的小孩突然醒了，取代了你们努力假装成的成年人。

酷女孩第一个沦陷了。她一口气单腿跳了十来米，胳膊转得如同风车，拍着手疯狂地重复道：

到米老鼠家了……

到米老鼠家了……

到米老鼠家了！

你刚想告诉她，无论如何也得克制一下自己，却听见石斑鱼抢先道："我们还有好多正事要做呢。"

这家伙把每次出门都当成突击队出任务。每当他要出一次任务时——谢天谢地这并不常见——他就会忍不住像经营一家公司一样管理行程表。

他从背包里掏出一张画满了叉号的地图，上面标注了每一个项目的抵达时刻、离开时刻和全程所需的时间。他启动了计时器，三，二，一："出发！"

既然他是你们之中唯一能够准确报出每个过山车的拐弯角度的人，你们闭上眼跟着他走就是了。

甚至跟着跑了起来。

你们冲进"飞越太空山"的走廊，频闪的灯光使人压力陡增，酷女孩开始慌了："这玩意儿真的很可怕吗？"

石斑鱼急忙回答："只要你待在我身边，就不会有任何危险。"

你就别充当好汉了。你晕车，甚至晕火车、晕船——什么都晕，没理由坐这个儿童过山车就不晕。一个穿工作服的人漫不经心地关上了只有你膝盖那么高的护栏。倒计时开始。你的手攥紧护栏，汗流不止，呼吸急促，牙齿咯咯作响……起飞！

一头受伤野兽的嘶吼在你耳边回响，伴随着一个接一个以光速交替到来的降落、拐弯、摇晃和翻筋斗。你意识到那头野兽竟是你的时候，已经太晚了——那时你们已经抵达终点。

你从过山车上下来，两眼噙满泪水。石斑鱼用手指着你骂："真是个窝囊废！他玩'飞越太空山'居然哭了！"

一位穿凉鞋的父亲把手按在你的肩上，看样子是要安慰你："Ich Auch."（德语：我也是。）

你没明白他说的是什么意思，但你能猜得出他是出于一番好意。酷女孩向你投来一个介于温柔和怜悯之间的眼神。你企图为自己辩解。

"一只苍蝇飞进我眼睛里了，这种事嘛，难免的。"

"飞进了两只眼睛？"

你们去吃冰激凌，以便让大家的心情都冷静下来。酷女孩不停地问你"还好吗"，你不知道该怎么回答她。此刻，石斑鱼正以无上的专注和谨慎舔着冰激凌。

你们接着来到旋转木马，马儿转啊转，忽上忽下。你为自己辩解说没那么严重，你其实没那么脆弱……石斑鱼嬉皮笑脸地说："这是为了你好。'欲远行者必爱惜马力'！"

你们特意选择了三匹并排的马。你从你的马上下来拍照，说到底这也是乐园的作用——制造一些回忆。但一个小孩趁机抢走了你的位子。

"小子，你休想，我刚才占了这匹马。"

"不！"

"还给我。这是我的朋友，这两个都是。"

"我不管！"

"好家伙，我可不怕你，是个男子汉就给我下来！"

"你好臭，丑八怪！"

"你再说一遍？"

石斑鱼头都懒得转，插嘴道："攻击比自己弱小的人，太可悲了。"

"你也惹我？你想当下一个？"

但大转盘这时候启动了，你匆忙跨上离你最近的坐骑，以免跌倒。狮子、老虎、犀牛、大象、熊，随便什么阳刚点儿的动物都可以啊，然而不是，偏偏是一条该死的美人鱼。

"小心不要晕哦！"

酷女孩哈哈大笑。石斑鱼笔挺地坐在马背上，嘴角咧上了眉毛，趾高气扬。你看看她，再看看他，感动的暖流淹没了你。是的，就是这种欢快的插曲，让你忍不住想拥抱他们——你的兄弟，你的姐妹，胜过兄弟姐妹的人。

但你忽然感到一阵恶心，赶忙抓紧了小美人鱼。

想流泪的冲动，想呕吐的冲动。

你不知道这一切将如何收场。

我当歌手的日子

生日派对。

你一个人都不认识，勉强算是认识庆祝三十岁生日的寿星吧。他叫朱利安，要么就是马丁，记不清了。你的记忆力是不拘小节的那种。

派对上有小食，有漂亮的人，有不那么漂亮的人，有作家——听了介绍你也只能说出"我很喜欢您的作品"这样的客套话，有极其出色的女孩——经人介绍后你到底也没说出比"我非常喜欢……"更完整的话。

这是一次什么都说、什么都没说的聚会，言辞很浮夸。你照例躲在一边，宁可与你的柠檬水为伴，也懒得与人社交。有什么错吗？关于《伊利亚特》和《奥德赛》中的女妖歌声的辩论，你一点儿也不感兴趣。

不幸的是，其中一个夸夸其谈的人偏要对你倾洒平庸之见：气候变暖是否应归咎于散热器？是什么阻挠了蝴蝶结重新兴起？火腿奶酪三明治能抵住汉堡的入侵吗？无声电影难道不是更有声有色吗？

有的是理由让你两眼茫然地感叹道："谁知道呢？"

万幸，灯灭了。有人唱起了《生日快乐歌》，全场随之开始合唱，多声部合唱。所有人，除了你，因为集体性的庆祝活动总让你有想吐的感觉。于是你咬紧牙关，漫不经心地对口型，完全无视拍子。

大蛋糕登场了，上面插着埃菲尔铁塔形状的蜡烛，这宣告演唱会结束。"讲两句！"有人提议。朱利安（也许叫吕西安）说了句"救命啊"，踩上一只矮凳，即兴创作了一首诗，收尾尤其动人心弦。

> 也许青春已然远去，
> 但心火依旧燃烧不熄，
> 我将一路勇往直前！

欢呼如雨，喝彩如潮，蜡烛为之断头。

大家分吃蛋糕，你如鲸吞，如虎噬，只求能赶上多分一块。

一个女孩朝你走来，如同一只轻巧玲珑的小动物。你一直在自问来这里的理由，现在理由就站在你的眼前。

"我不得不请你离开这里了。"

"是吗?为什么?我做什么了?"

"我都看见了——你假唱。"

又可爱又俏皮,让人完全招架不住。你诚惶诚恐地道歉,解释说你天生一副公鸭嗓,你要是开了口,连苏格兰风笛都会变得和谐悦耳了。但她非但没有饶过你,反而乘胜追击。

"让我听听,证明一下你果真唱得那么难听。"

这你还是能做到的。你左看看,右看看,凑过去哼起了第一首浮上脑海的歌曲:

> 我的孤独在折磨我。
> 我必须坦白。
> 我仍然相信。
> ……

也许是你的口气不招人喜欢,也许你不该让唾沫喷进她的耳朵里,也许你在压力的作用下反而不跑调了,结果就是你还没唱到副歌,女孩就转身离去了,临走还赐了你一个"可怜虫"的称呼。

孤注一掷

人们似乎都默认周六晚上必须出去玩,其实不然。在其他人治理世界、书写历史、鼓舞群众或繁衍种族的时候,你们都宁愿在家看法国小姐选美大赛。

此时马隆两手插兜出现在你们面前。他似乎对这个节目提不起兴致。

"你们就不能玩玩游戏吗?"

石斑鱼和你试图帮他恢复理智。

"看《法国小姐》是公民应尽的义务。"

"这可是文化遗产的一部分。"

"历史正在上演!"

"国家的未来!"

"泳装外交!"

"至少要跟进时事吧……"

马隆似乎仍然不买账。

"我说,你们别装了,我可不吃这一套:你们无非想过过眼瘾。但你们直接上网找乐子多省事!为什么要费劲看这套又臭又长的仪式?"

"你给我听好了。"石斑鱼已经激动得难以自持,"你要是不想看,没人拦着你回家自娱自乐。我们就是要配着意大利香肠比萨看全法国最美的大腿,我言尽于此。"

不知道是不是最后的美食说动了他,马隆选择了留下来。

盛典总是以传统舞蹈开始——不得不承认这个环节并不精彩。在两支圆舞曲的间隙里,马隆嘟囔了一句:"谁能再跟我讲一遍,我们这是在干什么?"

"闭嘴。"

每段表演结束后,石斑鱼都会在他从《电视周刊》上剪下的小表格上做记号。每次屏幕上出现他最中意的那位选手时,他都会起身,高喊:"巴黎小姐,魅力四射!"

马隆虽然不明所以,但还是和石斑鱼手挽着手,像一对足球流氓一样在电视机前狂呼:"巴黎小姐,魅力四射!""巴黎小姐!魅力四射!"

主持人宣布获胜者是皮卡第小姐,气氛顿时冷却了下来。

"简直是丑闻!"

"全是内幕交易。"马隆感叹道。

你们连按遥控器,通过换频道来缓解心情。接着,石斑鱼以哲人的口吻总结道:"说什么都白费,《法国小姐》和法网公开赛一个德行。"

高端玩家，但输不起

你们正在看摔跤比赛，酷女孩突然宣布了一个重大消息：她要甩了她的男朋友。石斑鱼攥紧了双拳，仿佛他刚得了一分。出于礼貌，你问她想提出分手的原因。酷女孩显然积怨已久，把种种不满都倾泻出来：那个男人说话总要以"哟"开头；吃什么都爱加大蒜；他的鼓和贝斯乐讨人嫌；尤其是他好酒，常常做着做着就睡着了。

"什么意思？"

"还能是什么意思？就是在我身上，然后就开始打呼噜了……"

"不会吧！"

"就是会……"

"经常这样？"

"对我来说算是经常了。"

在你们听来，这就好比得知某个登山家在攀登珠穆朗玛峰的途中睡着了，简直难以置信。但这个男人要承受的已经够多了，而且"落井下石"这种事不太厚道，所以你忍住了没说他有点儿像《辛普森一家》里的宠物狗"圣诞老人小帮手"。

"不管怎么说，"石斑鱼用手指梳了一下头发，"他都配不上你。你值得最好的男人！"

"你打算什么时候告诉他？"你问,心里并没有什么明确的想法。

"今晚,就是现在。我得去找他,但我真的不想去……"

确实,她看起来就像一个秃子不愿意去理发店一样。你们本该顺势劝她别去了,但你们是高端玩家,趁机提醒她今日事今日毕,总得给人个交代,毕竟这种难题不分大小,不分程度,都不会自己解决。酷女孩的笑脸终于开始耷拉下来。你俨然分手专家,试图彻底说服她。

"加油,这个过程不好受,但一旦过去了,你就轻松了。"

"你必须给他个了断,这是明摆着的事！越快越好！"

"你们说得对……反正也用不了多久。"

她听劝了,再过来时已披上外套,叫你们保存"掘墓人"与"伐木工"决战的回放。

"你们等我一起看,听见了没？"

"我们就待在这儿,不走开。"

这天晚上剩下的时间里,你们的眼睛都盯着电视机,但灵魂已经飘到了别的地方——几米开外,在酷女孩的房间里,在她的被窝里,在她的怀抱中。

后来,已经很晚了,你们几乎要心事重重地去睡觉时,突然传来一阵钥匙转动的声音。你们争先恐后地跑到走廊里，争做第一个安慰她的男人。门终于开了，一个男人的声音说："哟，两个傻瓜！你们好啊！"

今天早上心情很好

这天早上，你自然醒。

好心情在枕边等着你，现成可用，好得足以征服世界——逢人就想微笑、问好。

你从你的隔间走出来，想拿石斑鱼练练手。

你发现他正摆着他最拿手的姿势：手里拿着游戏手柄，低着头，颈后仿佛写着"切勿打扰"。

你跟他说早上好，他丝毫不领情，嘴里嘟囔出一个声音："唔。"

你心情好着呢，不介意，换一种方式试图与他攀谈。

"我看到你买了一块新的奶酪……"

"唔。"

"好吃吗？"

"是坚果的。"

"坚果的怎么了？"

"首先得爱吃坚果……"

你觉得对话有所进展。这时，你突然想起了石斑鱼在等一个售车中心的回复。他没抱希望,而且他自己也承认没有任何机会。

"对了,你那个面试有消息了吗?"

"明天开始。"

"不是吧?"

"是!"

"等等,你是说你有工作了?太棒了,得庆祝一下啊!"

"唔……"

"等等,那可是汽车,你懂什么呀?"

"那是他们的问题。"

喜悦就像橙汁,摇一摇才更有味道,于是你跳起了希腊舞——两臂交叉,脚跟点地——直到石斑鱼粗暴地打消了你的热情:"嗯……我终于可以从这个破地方滚蛋了。"

他脸上的笑容让你想到,医生给你诊断出癌症时你可能就是这副表情。

好心情未必能迎来好消息。

第二部分

> 我对人生所知不多。
> 我只知道人会幸福,然后变得不幸。
> 我尚不知晓这是否有道理可言。
>
> ——让·梅克尔《打击》

好年头，坏年头

31日的夜晚。

这一夜算得上这一整年最糟糕的夜晚了。

你得找这么一个地方，它既肮脏又凄凉，但凡还有一口气的人在那里都笑不出来。你得让这一年以最差劲的方式过去，不给它一丝怜悯，不设安全网，让它彻底断绝再来造访的欲望——来梦里都不行。

带着这样的念头，去离公寓不远的赛马赌场似乎是最佳解决方案。

在那个地方，绝望恣意妄为，悔恨大行其道。

诚然，如果你要触底反弹，那么"麦哲伦"酒吧是理想之地。

你套上最脏的运动衫，出门了。

推开门，你吃了一惊：这家酒吧平时如星际之间那般空寂，此时却充满了欢笑和歌声。红润的脸蛋，满溢的喉咙，瀑布般的笑声。酒精涌动，裹挟了一切，酒吧化身为一艘酣醉的船，尽管颠簸得厉害，但仍然奋勇地劈开烦恼的波浪。你这存心度过悲惨一夜的人可谓上错了船。

绰号"暴风女"的女船长热情招呼你。你没法后退了。

"想喝点儿什么？"

"一杯'鹦鹉'吧，谢谢。"

"这里是酒吧，不是宠物店。"

你旁边那位仿佛手肘被螺钉固定在吧台上了，他主动跟你打招呼。

"她说什么了，孩子？"

"没什么。"

"那你的脸怎么拉得这么长？"

"我没有。"

"别拿我当傻子，我隔着几公里都能闻得到倒霉味。"

这突如其来的关切把你搞得有点蒙，以至于你一股脑儿把你的所思所想倾泻出来。

"我过了糟糕透顶的一年，每一天都烂透了，我的生活……我倒要看看生活还能烂成什么样。"

我的邻座喝"博若莱新酒"，这款葡萄酒除了名字没有任何新奇之处。他微微一笑，说："不赖！我喜欢你看事情的方式，小子。我叫马克斯。"

"你好，马克斯。"

"现在我麻烦你帮我一个忙，喝点儿男人该喝的东西吧，因为糖浆淹不死心中的阴暗。"

吧台哲学的好处在于，再大的道理也大不过酒杯。你说"好，行"——你也没得选，因为"暴风女"已经给你上了一杯液体，其颜色暧昧难明，其气味使你联想起用了很久的漂白水。你可以想见那玩意儿能在你的胃壁上产生什么反应，但你身后有一面酒气冲天的人墙在咆哮。

"干了它！干了它！"

你闭上眼，抬起手肘，杯子见了底。你掉到了椅子下面。

你一遍遍地坠落，一切都在高速直线下滑，滑入迷雾。

去厕所的路上，你有幸认识了弗朗西斯，一位留着小胡子、衣着考究的花花公子。他有点儿面目可憎，有点儿衰老，他用牙齿咬着黄色的东西。他穿得像个王子，一遍遍地说，31号，自然就该穿得像51号[1]。鬼知道他在说什么。

"哆嗦的乔"大概是受了血管里的三升威士忌加可乐的鼓动，他爬上吧台，邀请"暴风女"跟他一同伴着佩图拉·克拉克的歌声跳舞。

---

[1] 法国俗语"穿上31号"指穿上特殊日期的盛装。——译者注

我点燃一支烟，
我脑袋里有些想法。
黑夜似乎那么漫长……
那么漫长……那么漫长……

这对新奇的组合在洒满花生的柜台上舞得正起劲，忽然有人警醒众人："好了，午夜到了！"

"麦哲伦"酒吧被疯狂占据了。酒杯被擎在空中，冲锋号已经吹响，大家再也听不见打嗝的声音了。

马克斯跟每个人干杯，没有人说得清他喝的是苦艾酒还是管道疏通剂。有人把酒倒进了你的口袋里。另一个人把啤酒杯垫贴到你的脑门上。一个大醉的老贵妇吻了你一下，然后吐在了她的高跟鞋上。是时候开溜了。

这一年被送走了，葬礼恰到好处。
你踉跄着前行，但内心安定，像一片落叶。
一会儿西，一会儿东，顶着恶风。

歌唱家

你有严重的酗酒问题。

你喝醉后，心里话就不是在心里说的了……更难堪的是，你只用歌声唱出来。

说起来挺好笑的，但一想到几杯酒下肚后，内心最隐秘的想法就会透露给碰到的第一个人，你就笑不出来了。自己糟糕的音乐品位想瞒也瞒不住了，银行卡密码也是。酒比吐真剂都灵。丑陋，沉重，醉酒有智慧难解的道理。

今天晚上，你跟莎乐美喝了几杯。她是你大学时认识的一位朋友。她是"假小子"一词的完美诠释，能补足女性一族和你们之间缺失的一环，她既能长篇大论地谈多萝西·帕克的女性力量，也能陪你畅聊"石玫瑰乐队"的唱片作品集和复古游戏掌机的魅力。抛开这些不提，她更是酒量惊人，简直千杯不醉——与两杯就倒的你正好处在两个极端。

你们喝完莫吉托后喝烈酒，接着再喝莫吉托，很快你就没有动静了。你被放倒了，处在昏迷边缘。

你们互道了再见，然后你眼看着莎乐美离去，自己却动弹不得，两腿不听使唤。它们平时一直支撑着你，也算待你不薄，所以这时你也就由着它们了。你一动不动地站在酒吧门口，站到酒吧老板放下了卷帘门。然后又过去了十分钟，当你快要站着睡着时，双腿居然奇迹般地恢复了功能。你走了几步。突然，你听到了一个声音——

你的声音：

> 我在鼻涕虫之间爬行[1]……

你想让自己闭嘴，但做不到，反而增添了节目，带来了一场复调独唱会：

> 闭嘴，快闭嘴，闭嘴……

你放弃了反抗，在接下来的路上，你的大脑被置换成了自动点唱机，赛日·甘斯布的"我找不到出口"无缝衔接上凯蒂·佩里的"你可曾感觉自己像个垃圾袋？"，完全顾不得别人会怎么说。

你也不知道自己是怎么做到的，反正最后硬撑着回来了。你推开公寓的门。

> 这里，哦，真安静！

---

[1] 这是一部小说的名字，作者是西尔基斯，故事的主人公少女时期文才出众，长大后没有如愿成为著名作家，但仍坚持梦想，不愿妥协融入世俗世界。——译者注

你踮起脚尖往前走。在酷女孩的房门前，米歇尔·波尔纳雷夫的一首歌跃入你的脑海。在酒精的刺激下，你已经无意自我消音了。你轻轻推开门，在黑暗中向前探路。你的心跳得像敲大鼓。那是疯狂，那是神志昏蒙，但那个力量超出了你的掌控……

我只是想跟你做爱……

被子呼啦一下被掀开，一个刺耳的声音撕扯你的耳朵。
"你再往前走一步，我就控告你性骚扰。"
你马上听出来了，那是石斑鱼的声音。
"你在这儿干什么？"
"酷女孩出去过周末，把房间借给我了。你呢？你倒是能跟我说说你在搞什么鬼吗？"
你扭着臀部，用最优美的假声回答了他：

如果我摔倒在地，要怪就怪伏尔泰。
如果我的脸进了下水沟，就怪莫吉托。[1]

---

[1] 出自法布里斯·贝尔纳创作的歌曲《伏尔泰的错误》，歌词有改动。——译者注

眼泪隐藏在微笑中

你不知道。

朋友的母亲因癌症去世了,你不知说什么好。说"我很遗憾"?

遗憾,抱歉,是专门为无关痛痒的小事准备的礼貌用语,要不就是你踩到了别人的脚——这是上限,再严重一点点都不适用了。而面对死亡,说遗憾,不庄重、不得体。

有太多人轻易表达哀悼,如同检票一般,只求自己良心安宁。

诚然,撒谎又不费钱。

谁都可以说,没事,会过去的,无论如何,生活还会继续。

但你太了解文字的意义了,知道它们在什么时候没有分量。

现成的句子是对情感的侮辱。

至少你是这么认为的。

最理想的是摆出姿态,做出行动。

伸出手,往上提。

拦腰抓住痛苦，扼住它的喉咙。

只是，要想做到这一点，首先得是个大高个。高大，强壮……

差不多需要你所不具备的一切条件。

于是，今天晚上，当马隆扛着全世界的苦难进来时，你不知道该说什么好。

你跟他说"你好"，他含糊地回了你一声："尿……"

接下来的客套话你都咽了回去，就不给自己找不自在了吧。

你们坐下来。

一杯啤酒。两杯。

目光呆滞。身体麻木。

沉默在你的肩上越来越重，达到一定分量后，人之常情开始猛击你的胃部，让你意识到你必须扮演好自己的角色。你不能放任你的朋友在你的眼皮底下沉溺下去，必须把他捞上来。

只是，严肃和你互不相容。

你的声音和动作缺乏这种特质。

再说了，马隆和你之间的友谊是建立在琐碎的基础上的……无聊的、舒服的东西。

正经？你们之间没有。

既然你们在对方眼里永远是一个在雪球大战中结识的脏孩子，那强装大人又有什么用呢？

人可以欺骗世界，但骗不过儿时的好友。

于是你又干起了你最擅长的事：分散注意力。

"我们出去转一圈？"

"我什么地方都不想去。"马隆回答的声音几不可闻。

"那好办，我带你去一个什么都不是的地方。"

"外面冷……"

"我把外套借给你！"

"我累了……"

"你骑在我肩上！"

"我饿了……"

"我请你吃烤肉卷！"

"我不太想说话。"

"你嘴里塞得满满的，就不用说话了……"

他用空荡荡的眼神看着你。

"走吧。"

他叹了口气。

"求你了。"

他终于站起身。

你带他来到了巴士底广场,这里正在举办一个市集活动。

你们在钓鱼的摊位前看了一会儿。几十只黄色塑料鸭子一只跟着一只,首尾相连。马隆指出,人生差不多就是这么回事,来转一圈,然后就走了。你把他拉走了。

你们在游艺活动区到处逛。

笑。哭。旋转灯。恐惧的尖叫声。

一片嘈杂,你们也省得开口了。

当阻隔你们的电子音乐声墙矮下去一截后,你提出请他吃块华夫饼。他说不要。棉花糖?他说不要。你提议玩一局桌上足球,他说不要。

你不以为意,把他拉到射击场,抓起卡宾枪,直接宣布屠杀开始。

砰!砰!砰!

在枪响的间隙里,马隆翻了个白眼说:"你真是无可救药。"

他究竟是什么意思,你也不清楚。

但你很难反驳他。

充气城堡里只有为数不多的几个你们这个年纪的人(俗称"成年人")在陪他们的孩子们。去他的体面,你飞身撞向四面墙壁，同时连声尖叫，以期逗乐你的朋友。结果白费力气，他只是盯着自己的袜子，默默地弹起、落下。

最好的留在最后：碰碰车。

你疯狂地侧滑，打碟一般蹂躏方向盘，冲向每一辆有戏的车——只为引发胸部震颤的壮观景象。

马隆一向迷恋人体这一神圣部位的晃动，此刻却沉默着不为所动。

他的脑袋随着碰撞甩动，灵魂却在别处。

终于，这一区的负责人过来喝止两个大蠢货惊吓妇女和儿童的恶劣行为，你被迫停在边上。

你用眼睛的余光在朋友的脸上搜寻微笑的影子、眼中的闪光。

一无所获。

天黑了。

到头来只得到一声叹息。

又一声。

你们往回走，你再也找不到任何话可说。

可悲，你自我感觉无比可悲……感到自己是废物，足以入选"银河系最没用的朋友"的排行榜。你咬住嘴唇，仿佛能把说不出来的话咬回去。

甚至说不出一句"我很遗憾，节哀顺变"。

就那么难说出口吗？

为什么不能像所有人那样说这句话？

你该挨几下耳光。

没别的。

你们回到了你的公寓楼下。

汽车鸣笛，脚步声响，街上有微弱的音乐声。

"那就这样，拜拜。"

"拜……"

致哀的话仍然卡在喉咙里。

你们笨拙地握手。

"我很遗憾……"你几乎不敢看他。

当他把你抱在怀里感谢你时，你们都露出了苦涩的微笑。

这是你人生中第一次感到自己并非完全无用之人。

月亮上的男人

今天晚上，月亮盛装出席。

你在阳台上观月，仔细观察着，寻找那个一旦科技允许就能作为你住处的陨石坑。

石斑鱼来陪你了——没发出一点儿声响。真是个好人,你心想。就是在这样一些时刻,当沉默成为默契,言辞显得多余时,人们才能悟透一件事:人在沉默中相处得最融洽。

苍白的面孔。半睡半醒的首都。

如此夜色,与诗歌最是相宜。

你有心吟诵波德莱尔的诗,唱几句"兔子与回声乐队"的歌,不妨再来几句约翰尼·阿利代的歌……石斑鱼率先打破了沉默。

"要了命了!真他娘的无聊!"

"要你个头!你就不能闭上嘴,享受这美好的时刻吗?看看这月亮,多美啊!"

他嘟哝了一句什么,然后狠狠抬起头,仿佛在说:"我倒要看看有什么了不起的。"

几分钟后,你问:"怎么样?"

"还能怎么样?我还是烦得要死。"

"你就没有别的想法?"

石斑鱼皱起了眉头,他的眼镜反射着这座城市的灯火。

"你想听我说什么?那就是个长满痤疮的球,仅此而已。你那一套我最不爱听。我跟你说点儿实在的吧:靠浪漫主义是不会得逞的。一百年前兴许诗歌还管用,现在得理智点儿了。女人们要的是动真格的,你得给人家付酒钱。很可悲,但事实就是如此。现在,如果你不介意的话,我要去看电视了。要是我感觉没劲了,那玩意儿至少可以换台。"

"你房子找得怎么样了?"

"扯那个干吗?"

"我问都不能问吗?"

"我看你今晚是铁了心要烦死我!"

你在阳台上待了很久。

两辆车在路口相撞。

如潮的脏话、死亡威胁。

脚底下也有几个流浪汉扬言要剁了对方:"你往我的啤酒里撒尿了,浑蛋!"

从客厅里传来色情电影里的典型配乐。

哑剧

酷女孩动辄夜不归宿,石斑鱼跑遍整个城市寻找单身公寓,合租已名存实亡。尽管如此,你的朋友泰特罗(绅士、健美运动员）来访时，你们竟也一起吃了一顿可丽饼。全员到齐。

谈话间有一股气流涌动，以至于这个夜晚的开头略显冷淡：石斑鱼全神戒备，不论谁胆敢尝试开口，他就用眼神射过去。人人都拿菜单当盾牌。

女服务生来点单，你慌了。这时候你必须做出选择，可做选择不是你的强项，完全不是。你左右为难，脸都变了形。你咕哝着，噘起嘴，捏脸颊，挤眉弄眼——最后还是决定选择菜单上的第一个。

"一份甜可丽饼，谢谢。"

"勇气可嘉。"女服务生微笑着离开。

你了解泰特罗，知道这顿饭的工夫他都不会放过你。

"好家伙！你拿下她了！"他断言，同时在你肩上擂了一拳。

"别瞎说。"

"你没看到她对你多来电吗？我敢说，刚才她差点儿就要把你扑倒了。"

看来你们两人的电力系统不一致。酷女孩也插话道："那女孩钓你呢，钩子明晃晃的。"

连石斑鱼都忍不住开口了："快别扯了。那样的女孩为什么会对这样的家伙感兴趣？"

92

啊，石斑鱼……总能让你从云端跌落到谷底，比铅制的鞋底还管用：帮你脚踏实地。总之是个好伙伴。

可泰特罗仍然不松口："你拿到入场券了。"

石斑鱼闻言简直要发疯："什么入场券？去滑铁卢？还是去'十字架之女'修道院？别玩他了，他一丁点儿机会都没有！"

女服务生端着可丽饼回来了，她的微笑足以让你转头。

"这份是您的，'鬼脸先生'。"

她刚转过身去，泰特罗就迫不及待地用同样的语气说："别告诉我她会拿每一位顾客做的每一个鬼脸开玩笑，她还不至于闲到那个地步。事实就是，打从你进门开始，她就恨不能把你吞了，我言尽于此！"

泰特罗看起来是那么自信，搞得你都有点儿信他了，幸亏理智的声音适时响起，把你拉了回来。

"我不同意。"石斑鱼说，"做鬼脸没什么可恭维的，仔细想想，甚至可能是在嘲讽。"

"别忘了她是笑着对他说的。"酷女孩说。

"我正是这个意思，"石斑鱼愈战愈勇，"她是在取笑他！"

"我不管，"酷女孩下结论道，"如果你什么都不做，我就在账单上留下你的手机号码。"

"千万别！"石斑鱼抗议，"她会把手机号码给她的朋友们，然后他们会大半夜打电话捉弄他。"

"我吃完再看看吧。"你含糊地说，心里盼望着立马来一场大地震或者飓风，使你免于上前线。

吃完饭，结了账，穿上外套，你急匆匆地走向出口。

其余三人在人行道上赶上你。泰特罗没有发出任何预警就扭住了你的胳膊，并在你耳边小声说，如果你错过这次大好的机会，他会毫不犹豫地拧断你的手腕。

酷女孩表示同意，石斑鱼则面带阴险的微笑。

于是，应群众的一致呼吁，你返回去找那个女孩。

你走近她。她就在那里，在柜台后面，正在数小费。

你的腿在发抖。跳伞员从飞机上起跳前的感受想必与你现在的感受相仿——稍有不同之处，就是你没有降落伞。你该说什么？你该做什么？

你的朋友们都贴在窗玻璃上，手上比画着，示意你往前冲，加油，拿出干劲来。

看着他们嘴唇翕动，你突然计上心头：他们在窗外面，根本听不见你这边的声音。

你只需要用形体演出，加大动作幅度，就像默片里那样。事后他们就不会再说三道四了。

"我是巴斯特·基顿[1],"你低声一遍遍说道,"我是巴斯特·基顿。"

你走近女服务生,两颊滚烫,手轻扬一下引起她的注意。

看到你,她的脸散发出光芒。

"您落下了什么东西吗?"

你尽可能自然地张开嘴,又闭上,却没发出一点儿声响。

"什么?"

你又开始像翻车鱼一样吧唧嘴,双手合十,皱着眉头,带着懊悔的微笑,为你的哑剧赋予内涵。她终于摇了摇头说:"对不起,我不明白。"

于是你耸耸肩,手掌上翻,然后转身离开,松了一口气。

这是你第一次装作被拒绝,以避免真正被拒绝。

---

[1] 巴斯特·基顿:美国默片时代的演员和导演。

一个完美青年绅士的肖像

每个人身边都有一个他羡慕、钦佩、以之为榜样的人。你的那个人,是奥斯卡。

能在同一个句子中引用叔本华和尤达大师,舞技醇熟,擅长劈叉,精于品鉴,随口抛洒金句,奥斯卡在你眼里就是完美的男性化身。

他是人们常说的"完美的女婿",也是典型的那种你避免见面,以免感觉自己比尘埃还低的人,但他的和善总能化解一切敌意。与他相处,你会不由自主地喜欢上他。

你们在一家酒吧见面,打算好好总结一下这一年的生活。

你们坐下还不到两分钟,就有一个年轻的女人在你们桌前俯下身。

"奥斯卡?是你!"

奥斯卡懒洋洋地回头看了一眼并给出了肯定的答复:"是的,就是我。"

"哦,我的天哪!"那位女士激动得差点儿晕过去。

"是我……玛丽。你还记得吗?我们去年在凯撒奖颁奖典礼上见过……"

"玛丽!当然了……这么一个大美人,我怎么可能忘记呢?"

(他太厉害了。)

女人脸红了。他们忽地就开始大谈特谈现代艺术,话题复杂,把你拖进了懵懂无知的泥沼。你只能傻呵呵地笑,脸埋在杯子里,直到奥斯卡想起来,把手放在你的胳膊上。

"我插一句啊,我是跟一个朋友一起来的。"

你期待一声问好,甚至来个贴面礼,然而没有,她看都没看你一眼。在她眼中,你不存在。她哀怨地问奥斯卡:"你还在禁欲吗?"

"是的。"他遗憾地回答,"这就是人生:必须在艺术和肉欲之间做出取舍……只要我还没写完我的那本书,我就一天都不能分神。"

女人低下头,难掩失望之色:"我懂……但万一你改变主意了,我一直都在。"

说着,她在杯垫上留下了自己的手机号码。绅士奥斯卡吻了一下她的手背。

"我乐意之至,请不要怀疑这一点,我的漂亮朋友。"

她已经进入了至乐状态,轻盈地离开了,仿佛走在云彩上。

你回过神来,喝光了啤酒,把酒杯啪的一下放在桌上。

"见鬼了,哥们儿!你到底有什么秘诀?少有的几次姑娘在酒吧里主动搭理我,不是告诉我裤裆拉链开了,就是说我盯着她看,惹得她不舒服了。"

"嘻,她只是个老朋友,"奥斯卡笑嘻嘻地说,"仅此而已!"

"可你们什么都聊啊!大事、小事、人生、爱情……"

他不接茬,转而提议你陪他去他的朋友家参加一场聚会。

"她们都是精神科医生。"

"好家伙!我可不敢肯定我有资格去……再说了,站在你身边,我会像个野蛮人。"

"说什么傻话呢!"

最终你跟着他走了。

地铁站里的骚乱

资产阶级大楼的前厅。

门铃声。心跳声。

一个妆容夸张的女孩过来迎接你们,顺便做发声练习。

"奥斯卡啊啊啊啊!是奥斯卡啊啊啊啊啊啊!"

其他女孩都冲向你们,因为终于迎来沙龙的救世主而欣喜若狂。奥斯卡颇具王者之风,只是谦虚地说:"好了,好了。"1968年的米克·贾格尔也不过如此。随便做点儿表示——打个响指,眨个眼,出点儿声——就足以让全体女孩拜倒。

你从人群中抽身,躲到冷餐台前。

一个年轻女孩走了过来。

"欸,你是哪位?"

"我是奥斯卡的朋友。"

"真走运!我是克莱尔,幸会。"

"你好。"

"你跟他一起工作?你是干什么的?"

来了。这就是你讨厌参加聚会的原因之一。走不出三步,必有人出面敦促你述职。简历,工资单,职业规划。仿佛胸无大志之人不会来这里。

"我什么都不干,"你叹了一口气,"我靠RSA生活。"

"哦,我有点儿印象,那是个非政府组织吗?"

"不,是'积极互助津贴'的缩写。"

"哦!你是做社会工作的?"

"这么说吧,我无业。"

你还不如跟她说你得了黑死病,反正效果都差不多。她的脸走样了,仿佛受到了惊吓。

"啊?这样啊……咦,那边好像有人叫我……加油,嗯!"

只剩下了你独自面对你的社会地位。

沙发上,奥斯卡像外出几个月归来的君王,正在享受全体后宫的关切。

你不能光这么站着。你下定决心融入进去,叫住路过的第一个女孩攀谈起来。

"嗨,最近好吗?"

"打住,你不是我喜欢的类型。"

"哦,好的。"

你本可以回她一句,至少你们俩在这一点上达成共识,但奥斯卡已经坐在钢琴前,手指捏得咔咔作响。

"好吧,你们想让我弹什么?"

"哦,求你了,给我们弹一支贾斯汀·比伯的曲子!"克莱尔说。

奥斯卡面露难色,回答说那样的小情歌恐怕不适合在这么美的钢琴上演奏。

于是点歌声四起:"'蠢朋克'!""'德瑞博士'!""《数字与字母》主题曲!"……

你也不好免俗,点了首舒伯特的《鲤鱼》。奥斯卡瞥了你一眼:"你想说的应该是《鳟鱼》吧?"

曲终人散。

奥斯卡和你在地铁站的过道里走，一个手拿酒瓶的家伙冲你们喊："有一百吗？"

这时候就显出穷光蛋的好处了：吝啬的时候比较没有负罪感。

你说："没有，抱歉。"毕竟这个要价，对于乞讨来说也未免太高了——不管他要的是什么货币。

流浪汉并不气馁，转而问奥斯卡。奥斯卡问："抱歉，什么？"

拿着酒瓶的家伙看来不怎么喜欢这个回答。他可能以为奥斯卡在故意装傻，更可能以为他在装聪明。要知道这些人在很多事情上是非常敏感的，奥斯卡说得温和有礼，在他听来却像是故意挑衅。

流浪汉问奥斯卡是不是在取笑他。

奥斯卡慌了，说没那回事，流浪汉咬牙切齿地说："我看你就是。"

"我发誓，不是。"

"你以为你比我聪明，就因为你有头发？"

"当然不是！"

"你觉得我秃头很逗吗？"

"我……真的……我无意冒犯您……"

"我没理由不打烂你的脸。"

"求你了,别伤害我。"

奥斯卡向你投来祈求的眼神,但你能做的只是低头看自己的脚。
你不擅长处理冲突,更别提街头斗殴了……
突然,流浪汉做了一个动作:举起酒瓶,送到嘴边。
奥斯卡一个大男人变成受惊的小兽,护住自己的脸。
"怕什么呀,兰波,我没想揍你!"那人说。
奥斯卡低声道歉,然后低着头走了,没再说什么。
你差点追不上他。

岔路口。
你们坐不同的线路,两个方向。
这不是在映射刚刚发生的事情。
你们道别,双方都有些尴尬。
你目送他走下楼梯,身上穿着倒霉诗人的礼服。

你没上那趟地铁。接着又错过一趟。
你没法从长椅上站起来。你因为困惑而动弹不得。
看到你的朋友被这样欺负,你本该感到难受才对,可占上风的居然是一股快意。
你如释重负,是的,事实就是如此。

就像每一次你意识到其他人并没有在人生的棋盘上领先于你时那样。

你原以为奥斯卡是完美的。

但他不是。

想到此处,你掉头回去了。

你又找到了那个流浪汉,这会儿,他已经躺在地上,开始辱骂其他路过的人。你给了他两欧元(你的全部财产)并对他道了谢。

朋克音乐会

泰特罗叫你们陪他去听一场音乐会——准确地说,是一场朋克音乐会。

你们不算是这种音乐类型的爱好者,但是既然周末除了看着动物纪录片发呆也没有别的事可做,出去透透气也没什么坏处。

剩下需要考虑的事情就只有穿什么了,因为那些人对着装风格可不含糊。

泰特罗说过到时候少不了做运动,石斑鱼就根据这个理由拿出了他漂亮的短裤。

"那是音乐会啊，"你提醒他，"不是烧烤。"

"那又怎样？"

"你什么时候见过有人穿短裤去参加音乐会？"

他仿佛听到了难以置信的蠢话，翻了个白眼。

"你稍微动一动脑子：短裤是性感的、视觉效果强烈的、实用的，众所周知，没有什么比短裤脱得更快。这是科学，美国航天局的人还经常在锅炉房做测试呢。你倒是跟我说说，我为什么要穿长裤？"

"我不知道……也许因为妨害风化罪的罚金最高可达一万五千欧元？"

石斑鱼"咕咚"一声咽了口唾沫，往窗外瞥了一眼，说："你这么一说倒提醒我了，最近天气是有点儿凉了。"

趁同伴去找衣服的空当，你赶紧搜索谷歌图片了解了一番这个圈子的习俗和传统。"碰撞乐队""性手枪乐队""塑料贝特朗乐队"……显然，这群人不太喜欢偏分头，但化妆好像还挺受欢迎的。豁出去了。为了营造"没有未来"[1]的范儿，你在两边脸蛋上用记号笔各画了个

---

1 这是朋克运动中的口号，最著名的是英国朋克乐队"性手枪"的歌曲《天佑女王》中的歌词："没有你的未来，没有我的未来。"它表达了一种对未来毫无希望的态度，并在朋克亚文化中成为一种象征。

骷髅头。

"你在脸上画两坨云干什么?"石斑鱼惊呼,"你想当天气预报主播吗?"

你从来都不会画画,这是事实。

"我让你看看什么是真正的骷髅头。"他说着,从你手中一把夺走了记号笔。

泰特罗一看到你们的样子就笑得直不起腰来。

"谁能告诉我,你们俩在脸上画两个生殖器是什么意思?"

"这是骷髅头,蠢货。"石斑鱼低声说,他被触怒了,但明显底气不足。

"我们只是严格遵守了着装规范而已。"你说,"这不能怪我们,谁让这些朋克们都穿得像失足的少年!"

泰特罗眉毛紧蹙,收起了笑脸。

"注意点儿,伙计们,我不开玩笑,朋克是很严肃的事。"

大厅里气氛高涨。

台上,一个顶着鸡冠头的歌手宣布他要痛揍一些人。下面的人群摇头晃脑,也摇晃着高举起来的中指。

跳动,号叫,咒骂,冲撞。

一场十足的闹剧展览。

终于，鸡冠头被汗水泡软了，他冲着麦克风喷着唾沫说："这他妈是最后一首歌！"

"时候也真他妈不早了。"你在石斑鱼耳边低声抱怨。

灯光重新亮起后，泰特罗看到了几个朋友，跟他们握手并狠狠地拥吻他们。

其中两个穿一身黑的女孩一看就是乐迷，她们认真地听他讲话，生怕漏过一个字似的。

他把她们介绍给你们，然后丢下你们买啤酒去了。

"怎么样，你们喜欢这场音乐会吗？"其中一个问。

"我不太好说，"你笑着说，"我听到第三首就睡着了。"

"蹦啊蹦的，还比不上一场橄榄球赛呢。"石斑鱼补充道。

显然她们并不想开玩笑，没说一声再见就消失在了人群中。该死。

你们在吧台前找到了泰特罗，但心思已经不在这里了。

你脸上的骷髅头被汗水洇花了，石斑鱼衣领上的别针丢了。闻得出来，该洗澡了。

"她们人在哪儿呢？"泰特罗看到你们后问道。

你们俩一言不发地耸了耸肩。

"见鬼，我都快到手了！真是的！你们俩搞砸了我的音乐会还嫌不够吗？"

"哦,又不是我们求着你要来的。"

"你们真是……"

"朋克?"石斑鱼问。

泰特罗翻了个白眼:他想不出你们真是什么,反正他笑不出来。

无声的问答

你的室友不在时——都快成习惯了——公寓里空荡荡的。每当这时,你喜欢用头脑体操来填补空虚。

你伸展腰身。

你预热喉咙。

然后你就和作为你的临时密友的多重人格开始了没完没了的讨论。

你一人分饰两角,乃至三角,为此不惜打断自己说的话。

"你该不是在拿'绿洲乐队'和'披头士乐队'比较吧?"

"我不是比较,我是把两者放在同一水平线上!"

"要我说啊,谁都比不上麦莉·赛勒斯!"

你为自己发明了一个世界,身处其中的你没法再听见自己思考的声音。

你给每一个念头取了一个名字。

你的内心独白变成了回音室。

"我饿了。"

"我一直都不知道该怎么看雨。"

"我饿了。"

"从上往下看,横着看,还是盯着落点看?"

"哎呀,我可是真的饿了啊。"

"你认为当一滴雨是什么滋味?"

"我怎么知道!你从窗户跳出去就搞清楚了!"

"我饿了!"

"我在想恐龙是否有幽默感。"

这是你从《搏击俱乐部》中学到的:在生活中,实现自我的最好方法就是把自己当成他人。你的无聊只是你想象中的朋友的游乐场。没什么可失去的,怎么样都是赢。你听到远方的沉默了吗?严肃的人在那沉默中溺亡。总是有那么一个棘手的瞬间,有人闯进来,眼中带着一丝惶恐问:

"你在跟谁讲话呢?"

只要你还有残存的清明神智,能说出"我思,故我在"之类的俏皮话,别人就会把你的疯狂当成某种智慧。

骰子还在旋转

鉴于你三杯酒下肚就倒,你不得不面对现实:你永远也没希望成为吧台常客。

朋友们一开始被你的这个特点惹得很不快,但后来反而以此为乐了。

你成了他们的吉祥物,他们把你拖到巴黎的各个角落,期待着看你在各大纪念物上呕吐打卡。

你不知道他们是怎么想到这个主意的,反正你从中获益匪浅。你得以近距离地欣赏歌剧院的台阶、卢浮宫的金字塔、无名烈士墓、巴黎圣母院广场、埃菲尔铁塔脚下、无辜者喷泉,以及其他许多想不起来的旅游景点。

这或许也算是领略首都魅力的一种方法吧。

如果人不能仰望星空,不妨俯身直面碎石路……

在此之前,你们的夜晚总是以同样的方式告终。

你们垂着头回家,带着酒精引发的悲伤。

腋下令人作呕,性取向岌岌可危。

因为,这已成了一个惯例:总会有一个人指责另一个人是同性恋者。

你们的朋友刘易斯认为无须再辩解,他总能轻易地从你们的身上看出被压抑的性取向。

你们追女孩的失败战绩有了别的解释:至少她们看清

了你们。以至于每当看到前方有土耳其浴室或者芬兰式蒸汽浴室时,刘易斯就会条件反射地拉你们择一条新路。

"但是,刘易斯啊,我们不是同性恋!"

"你有什么底气说这话?你对那方面了解多少?"

"我不怎么了解,问题是假如我真是的话,我应该会知道的。"

"你没有试过怎么会知道?"

"我不知道,但这就像西蓝花,我不需要吃一大口就知道我不喜欢那玩意儿啊。"

"你不过是在重复你的文化背景给你预设的观点。你要向自己提出真正的问题……"

"我是在跟你说我不喜欢绿叶菜!"

"说得好!多么开放的心态!"

"你急什么?这只是个人口味的问题。"

"你们不知道怎么找乐子。这就是你们的症结所在!"

"随你怎么说。"

"但这是个时间问题,你们等着瞧吧。"

"打赌?"

"赌就赌。"

就这样,我们拿几瓶香槟酒为赌注,为自己的性取向打了赌。

青春的葡萄酒

马隆的乔迁之喜。

根据传统,在这种场合你得送他餐巾环呀、蛋杯之类实用的玩意儿。

但是传统这家伙常常向你提出一些非分的要求,是你完全不能苟同的,例如早起或自食其力,于是你说"不,让传统见鬼去吧"。

这一次,石斑鱼破天荒地没跟你唱反调:"你说得对,我们还是买瓶葡萄酒吧,这才有格调。"

几分钟后,你们来到"街角的阿拉伯"食品店。墙上挂着许多明星的签名照。你不禁讶异,凯瑟琳·德纳芙、乔治·克鲁尼和卡里姆·本泽马的字迹居然出奇地相似,仿佛出自一人之手。你们点头,心领神会。形势在石斑鱼掌控之中。

"晚上好,哥们儿,我们想买优质葡萄酒。你有什么藏品?"

店主正在用一台便携式小电视机收看《旧货商路易》。他看起来不像是个爱说话的人。

他抬起一根疲惫的手指,指向一个积满尘垢的货架,那上面只有凯伦克伦堡啤酒和气泡酒。石斑鱼在一堆瓶塞之间嗅来嗅去,最终选出了一瓶,在手里掂了掂分量,高举过头顶,似乎是在霓虹灯的光线下检查其颜色和质地。面对这个不靠谱的鉴酒师,你觉得还是劝止他为妙。

"我们还是买几瓶啤酒算了,你说呢?"

石斑鱼只是摇了摇头。

啤酒,仅适合口袋里没几个钱的粗人,而他现在有工作了,得有对应其身份的品位。

你点头表示同意。你没有可敬的身份,于是拿了一箱16瓶装的啤酒。

终于,石斑鱼向你展示了他的品位之选:两瓶布劳恩葡萄酒。

"你想必也注意到了,我没选最便宜的,是吧?6.4欧元一瓶,必然是好酒。"

"还用你说!"

石斑鱼以阔佬的姿态在柜台前掏出他的金卡,说:"放着吧,我来。"

店主的眼睛一直没离开屏幕,嘟囔道:"15欧元以上才能刷卡。"

"这也太过分了吧?"石斑鱼愤怒地说,"'虾皮'

从 5 欧元起就接受刷卡了！"

"你要是不满意，那就去'虾皮'买吧。"店主皱着眉回道。

"但那边关门了！"

"真遗憾……"

"支票呢？你收支票吗？"

"不，本店已经不收支票了。"店主告诉我们，看起来他更乐意耳根清净地看电视剧。

你受够了这场注定失败的谈判，主动付了钱。谢谢，再见。

"我以后还你。"石斑鱼说。

"嗯，好。"你说。

然后你们走入了黑夜，唯一分散你们心神的是塑料袋里两瓶布劳恩碰撞的声音。

果然有格调。

脸在脸盆里

你们到了马隆家，石斑鱼把酒递到他手中。

"6.4欧一瓶的酒啊,哥们儿,可不是便宜货。"

马隆看着你,似乎在问这是不是一个玩笑。

你耸了耸肩,表示这不是玩笑。

然后,石斑鱼对你正色道:"老兄,从现在开始,我们就各自为战了。"

随便他吧。

他走向客厅,而你走向另一个方向。

厨房里依照惯例聚集起一个弱者联盟。

你下意识地瞥了一眼客厅里的对照组,却看到了不可思议的一幕:石斑鱼,你从没见他采取过主动行动的石斑鱼,居然在对着沙发上的一个女孩献殷勤。那是一个红发女孩,挺可爱的。他给她倒了一杯布劳恩,他们碰杯,两人都笑眯眯的。但第一口入喉,她就仓皇起身,丢下他跑开了。

石斑鱼落水了!

没有经过任何商量,马隆、傻大个和你都冲过去救他。

人们往往忘记了搭讪是一项团体运动。

你大喝一声:"不能在这时候放手!"

"你一定会成功的!"傻大个信誓旦旦地说。

"一切都在你的掌控之中!"马隆附议。

"你们说得有道理！"石斑鱼激动了起来，为了赞美友谊，给你们各倒了一杯布劳恩。

老鼠药！下水道！你的嘴里从来没有进过味道这么糟糕的东西。你逃到厨房里冲洗你的味蕾。外面走廊里响起了歌手"50分"的一首歌的开头："我不知道你听人说过我什么……"

石斑鱼搭讪过的红发女孩扯了扯你的衣袖："给我倒一杯喝的，有个疯子刚才想毒死我。"

你随手从桌上抓起一个瓶子给她倒了一杯，你没有问她任何问题，她就开始讲述起了自己的人生：刚刚把她甩了的前男友，从指缝里溜走的爱情，男人们，浑蛋们，她的英雄父亲，她对猫、椰蓉球和浴垫的热爱……要不是你没有认真听，你早就被活活无聊死了。

客厅那边，石斑鱼射来不善的目光。

红发女孩还在滔滔不绝地讲着关于破碎心灵的形而上学的废话，傻大个攥住你的胳膊，把你拉到一边。

"你，在，干，什，么？"他低声吼道，"你这是在破坏石斑鱼的好事！"

"我什么都没破坏，反倒是她一直在破坏我的心情。"

"我不想知道那些。你这是在截他的和，截和就是不对！"

红发女孩小碎步赶到你们身后："出什么事了吗？出什么事了？"

你们来到门口，傻大个打开门。"他要先走了。"他边说边把你往外推。

石斑鱼如同从弹簧盒子里弹出来的小丑，连声说："对，对，他最近太累了，最好早点回去睡觉。"

"哦，是吗？"红发女孩问，"为什么？他是做什么的？"

"他呀，什么也不做。"石斑鱼闷声说，然后转头问你，"你是不是什么也不做？"

"其实我……"你结巴了，最终还是说，"算了，拜拜。"

没等众人反应过来，红发女孩已经穿上她的大衣，然后挽起你的胳膊："我也要走了，我陪你一起走！"

石斑鱼不甘心被抛下，向你投来刀子一样的目光，说："好吧，既然你一定要走……我们就送你回家吧……"

一路上，石斑鱼掌控了全局，讲了一大堆关于汽车的笑话，尤其不放过"拉达"牌汽车——怎样把一辆"拉达"改造成独轮车？装上两个排气管就行了；"菲亚特"（FIAT）是"国际改装车联合会"的首字母缩写。

他这招好像挺管用的，女孩笑得花枝乱颤。

不幸的是，视野里一辆运送比萨的小货车勾起了他糟糕的回忆。他猛然将矛头指向意大利人——那些抹发胶的偷走了世界杯的流氓，他最终总结道："该死的意大利人，早晚遭报应！"红发女孩只是轻飘飘地说她爸爸是意大利人，气氛顿时降到冰点。

你一言不发，胃里的核反应堆占用了你全部的精力。这一切会有什么结果？反正结果不会好看，这是肯定的。红发女孩想跟你说话，但你嘴里发出的单词都被残忍地剥夺了元音："嗯……嗯……"

博马舍大道。奥伯坎普街。分别的时刻，让你不适的时刻。红发女孩（你还不知道她的名字）用足以融化冰激凌的眼神看着你："我们不能就这么分别吧！"

她话里的意思很明确。但没等你回答，一个声音从你背后响起："你干吗不上来坐会儿呢？我们公寓里有薯片，有可乐……你要是感兴趣的话，我们还可以玩一局《实况足球》！"

"啊！不是……你们住在一起？"

"是啊！"石斑鱼答道，丝毫没有察觉自己造成的天大误会。

"啊，很抱歉，我没看出来……"

"不，不是那样的……"你勉强笑着，没什么说服力。

但太迟了，红发女孩头也不回地走上了大道。

你目送着她走远，松了一口气。石斑鱼暴怒。你们重回公寓，一个字都没说。

刚进门，你就遏制不住地恶心。石斑鱼递给你一个盆，然后迈着沉重的步子扑到沙发上，在静音的电视机前复盘刚才的遭遇。他的话走单行道，有去无回。

"我有时候真的搞不懂女人……你小心伺候她们，给她们倒酒，逗她们笑，结果总会碰壁，简直难以置信。要我说啊，问题就在于我们没有领袖的风范——我们就是杯托儿，顶多是削柠檬的刀，顶多了。像我们这样的人必须认清现实，我们是永远不会登上领奖台的……"

你的脸在脸盆里，无力反驳他。

人生课堂

"我没生病！我只是无业！"

你一直试图以此答复那些发现你面色不好、想测量你的体温、把临时工介绍所和就业中心作为处方推荐给你的好心人。

至于那些匆忙告别、生怕被你传染的人，就不提了。

但是，该死的，到底还需要重复多少遍啊？

工作并非人生之苦的唯一解药!

"那么,你整天都干什么呀?"他们问。

"我不出门,不拉开窗帘,不洗漱,不起床,开倍速看电影和电视剧。眼睛疼的时候,我就盯着天花板上的蜘蛛,期待它邀请我一起上网。"

你迎着惊愕的脸解释道:"总之就是美好生活。"

博物馆之夜

也许是看够了你在电视机前发霉的样子,酷女孩决定带你去卢浮宫博物馆。

你对那些东西一窍不通——这么说都算好听的——但装模作样是你的第二天性。

于是,你们从城墙、狮身人面像、希腊雕像、大师的画作前走过,你不顾常理地解说起这些艺术品来:

"如你所见,法老时代的猫个头大得多。要喂养这样的大家伙,真是难以想象……古埃及可不是无缘无故破产的……

"注意看:这个雕像象征着雨季的繁殖力,因为宙斯变化成水洼的形态与她做爱。她也启发了后来的诸多艺术家,例如蕾哈娜、'快乐小分队乐队',甚至萨沙·迪斯特尔。

"《梅杜萨之筏》!总算有幅有意思的画了!画面展示了一群人被作为向海神波塞冬献祭的祭品。鲜为人知的是,所有船员都在钱包里放着一张雅克·库斯托船长的照片——据说那能为他们带来好运。"

也许是受够了听你讲那么多胡话而她却没机会插嘴,酷女孩叫你坐下。你忍不住用余光看她,她的嘴唇像磁铁一样吸引你。此时正是行动的好时机:搂住她的肩膀,碰碰她的胳膊肘,随便什么动作。但你的手搁在膝盖上,仿佛有千斤重。而且,她的心思好像飘到了别处。她感觉无聊了吧?你慌了,用眼睛四下寻找可以开启话头的东西。

"你想看《蒙娜丽莎》吗?"

"你知道它在哪里?"

"当然!你把我当成什么人了!"

一个小时后,你不得不面对现实:你们迷路了。

酷女孩提议看看地图,但你拒绝了,因为这事关尊严。

灯光依次熄灭,空中有个声音说即将闭馆。你跪倒在地上:"那娘们儿到底在哪儿!"

一个保安警惕地向你们走来,手按在对讲机上:"出什么事了吗?"

"没事,没事,"酷女孩一只手搭在你的肩膀上,说,

"他最近太累了。"

你们一言不发地向出口走去。

希腊雕像。没有迷路。自动扶梯。

出来后,酷女孩在金字塔底下告诉你,有人在等她,她得走了。

"对不起。"你低声说。

"没事。"

"我把一切都搞砸了。"

"别这么说。"

"我没用,我知道。"

酷女孩双臂交叉,摇着头,不耐烦地说:"你知道你哪一点最差劲吗?你老是贬低自己。就这一点,让人受不了。你为什么总以为别人跟你在一起会无聊?为什么总是小题大做?偶尔做自己真的那么难吗?少自寻烦恼,生活会轻松很多,我敢保证。"

她轻轻吻了你一下。天上落下几滴小雨。

游客们在伞下自拍得更起劲了。

你想起了一条物理定律:每当我们注视一个人,我们都会对这个人产生某种影响。

你凝神注视她的后背、她的头发。

她已经走远了。

交谊舞

这个周末,你和石斑鱼的唯一计划就是玩游戏玩到拇指磨出血。

但傻大个突然带着马隆不请自来,劈头给你们一记棒喝。

"起来,懒虫,我们去脱衣舞酒吧!"

"嗯?什么?"石斑鱼气得跳了起来,说:"没门!我绝不会去嫖娼。"

"嫖什么娼?"马隆也生气了。

"不要搞混了。"傻大个给马隆助攻,"我说的是美学,是舞蹈,是友情。"

石斑鱼犹豫了,要想说服他,费不了多大事。于是马隆转过来望着你:"你有什么意见?"

你没有意见。他知道你从来都没有意见,但偏要给自己设置这个挑战:他想让你有朝一日说出你的想法。他发誓说他会做到的,你都不知道他该怎么做。但世事没有绝对……

一刻钟后,你们来到了皮加勒红灯区。红色的、蓝色的、绿色的霓虹灯映照着人们急躁的脸。

门口的壮汉欢迎你们。这可是你们第一次没有被盘问有没有带女伴来。

在进门后的走廊里,马隆事先给你们定下基调。

"好了,伙计们,接下来,如果有人问你们是做什么工作的,就说失业中,最多说自己是大学生,但无论如何都给我记住了,你们不点香槟。"

"没问题。"

大堂像一个潮湿的洞穴,墙壁都被刷成了玫瑰红色,算是营造出一点儿色情的氛围。矮桌是舞台,一个个佳丽鱼贯登场。

手臂交叉,手抵下巴,手臂下垂,你们分别摸索适合自己的姿势,也在找地方安放目光。

马隆,这种场所的常客,眼皮扑闪如蝴蝶翅膀。傻大个似乎摩拳擦掌要分发他并不拥有的钞票。石斑鱼看着自己的脚丫子。而你,你看向一个帘子,猜想帘子后面有个大老板正在清点真正的钞票。

表演并没有预告中那般华丽炫目。

"行了,撤吧?"石斑鱼不耐烦地说。

还没等有人答话,姑娘们就在你们身边坐下,刻意把你们几个分隔开来。分而治之,你马上感觉到她们是马基雅维利的读者。坐在你旁边的那位怎么看怎么像你们那栋楼的门房太太。她向你展露笑颜,嘴里缺了几颗牙。

"小甜心,请我喝点儿东西吧?"

"我是大学生,我没钱。"

"就喝一杯嘛……"

"没有,真的。还是算了吧。"

突然,石斑鱼起身,迈着大步穿过大堂,手里拿着他的钱包。几分钟后,他重新现身,用指尖捏着一个盛着香槟的高脚杯,脸上的表情像哭又像笑。那位肩宽像拳击手的舞娘一定很擅长说服人。在事情进一步恶化之前,马隆拖着你们往门口走。身后,酒保和保镖莫名其妙地鼓起了掌。

到了外面的大道上,石斑鱼的怒气爆发了。

"这下你们满意了?知道你们害我花了多少钱吗?"

"都跟你说了,别买香槟,别买香槟!"

"她威胁我!"

"怎么威胁你了?"

"她扬言要给我跳一段独舞!"

傻大个、马隆和你交换了一个困惑的眼神。

"我说,你们没看见她那个样子吗?那会给我留下终生的心理阴影!"

品种未定

他们说你幼稚,鼓励你长大,争取正经的人生。
但他们难道没有意识到"成年"不是每个人都会自动获取的吗?

得有那个欲望。
得有圆滑的态度、健壮的体格、成熟的外形……
得钻进一个格子,归入一个种类。
但当一个人什么都不像的时候,这事很难办。

别人总是吃不准该把你归在哪一类里。
非主流?懒虫?嬉皮士?怪咖?失败者?闲人?
你从来都只是一堆不确定性的集合。
你和大家一样。
你谁都不是。

不管人们给你贴什么标签,只要能由着你平静地生活就行了。

我舞,故我在

跳舞,是人们在聚会上玩的一个把戏。也有一些人满足于在吧台处摆出一副无所谓的表情等人上钩,但你以过来人的身份保证那样行不通。你的个人绝招是机器人舞。很难说搞出咔咔吱吱咯咯的动静就能吸引女孩子,但你只有这个绝招。那也只是说说而已,因为尽管你在镜子前一个小时又一个小时地练习磨合你这台机器的齿轮,你还是无法否认一个事实,即你离达到 R2D2[1] 标准还远着呢。

不多说了。

常规的和谐组合:石斑鱼、傻大个,还有你。

过剩的酒精引导你们"着陆"在苏利文酒吧,你们的身体在舞池里软绵绵地晃动,以此掩饰内心的恶心与无聊。

低音像吐痰,高音撕人耳,空气中弥漫着一股失败的气息。

不知什么时候,一个丰腴的女孩站在你们面前,双手叉腰。

"你们就不能正常跳跳舞吗?太可笑了!"

你假装没听见,这下真把她惹急了。

---

[1] 科幻电影《星球大战》中的机器人。

"说真的，你们几岁了？"

你用一个微妙的机械臀部动作转过身去，不再理她。

"喂，我跟你说话的时候看着我！"

你并无此意。就在这时，你也不知道这是摔跤手法还是搭讪技巧——她挂到了你的脖子上。

不管是不是机器人都扛不住如此的重量啊！你呼吸困难，只想让她放开你。

"听我说，女士，我对这个不感兴趣，我只想跳舞。"

"你叫谁'女士'？"

她开始用各种难听的词骂你，说你是窝囊废，随后扭头去纠缠旁边的人。但伤害已然造成：你的机械内部进了水，你短路了。

你的胯部仍然以自动模式抖动着，但你的心思已经不在了。电力耗光了。

另一边，傻大个在一个女孩身后比画了一刻多钟，在她的颈后吹气，想吸引她的注意力，可人家始终不为所动。醉了？视力不好？不管原因是什么，结果都一样。

石斑鱼那边的进展也堪忧。他的拿手戏是扫帚舞，刚直不屈如同公正司法，笔挺僵硬如同高楼大厦。这也是一种类型，其魅力尚未被人们发现。一个在他旁边扭动的人凑近他说："你得放松，小兔子。"

"我本来就很放松。"石斑鱼争辩道。

"哎呀,直男……僵直得没救了。"

石斑鱼很镇定地继续跳舞,上半身笔直,那个家伙紧贴着他,胯部在他的大腿上不懈地做着小幅度往复的动作。真是一场好戏。

突然,一头来自海底的野兽出现在舞池里。她张开獠牙,围着你转了几圈,然后发动攻击,开始舔你的耳朵。且不说你向来害怕鱼类、海洋软体动物和深海怪物,你也不是随便让人碰耳朵的人。

你转过身去。

站在你面前的这位更可怕,她硕大,有威慑力,换成亚哈船长[1]一定会费尽全力追捕她。你看了看莫比·迪克的眼白,即使是生物学白痴也看得出来,她已经很长时间没有进食了。

你也是,但你还有尊严。

还是赶紧撤退吧。

你像螃蟹一样横着溜了出去。

---

[1] 19世纪美国作家赫尔曼·梅尔维尔的小说《白鲸》中的主人公,他被白鲸咬伤后一直在海上追逐这头白鲸。下文的莫比·迪克是这头白鲸的名字。

你在人群中抓住了傻大个的衣领,防止他溺死在舞池里。你又拉住石斑鱼的腰带,不让他被人当成熨衣板。你们浑身是汗地从里面钻出来,庆幸自己死里逃生。舞蹈的世界是个残酷的丛林,而与音乐同步的小舞步还不足以征服它。

过于剑拔弩张,过于险象环生。

还是安分地做自己擅长的事情吧。

你们回到公寓里玩游戏机。

近乎透明

你蹑手蹑脚地走进一家打印店,要麻烦别人为了破纪录的 20 分钱为你服务,你感觉很内疚。那个致命的问题是躲不过去的——"就这点儿?"而你必须回答"是的",想到这里,大颗的汗珠滚落下来。

店员想必从你那潜水员式的步伐中推断出你是个糟糕的顾客,所以全心全力地无视你。也不能怪他,他和一位商务人士关于"新罗马"字体的辩论如火如荼:一个说它已经过时了,另一个说它比我们的寿命都长。

足足五分钟，你拉伸、咳嗽、大喘气、脚底蹭地，以期引起他的注意，最后得出的结论是你不受欢迎。换作别人肯定会大闹一场，但那需要一定的音量和个性，这些正是你所欠缺的。算了，在这种情形下你选择逃走。

只是，不管不顾地走开也不是所有人都能做到的。你一直都活在需要给人交代的恐慌中。怎么？为什么？凭什么？你的每一个举动都应该师出有名，否则你一动也不会动。在别人的注视下，你的个人意愿无足轻重。你需要一个能自圆其说的借口。因为害怕打扰别人不算真正的借口，所以你转而求助于手机。

你假装有电话打进来，硬生生地举起手机放到耳边，嘴里哼出一声腼腆的"喂"。客人和店员齐齐地扭头看你，仿佛刚发现你在这里。你先不说话，等了几秒钟，在这段时间里，假想中电话那头的人向你传达了一个消息，于是你高声重复了一遍："什么？妈妈死了？！"

于是你一溜烟地跑了。

以母之名

你不具备那些能让父母自豪的条件，比如一份工作、一个妻子或者几个孩子，因此你总是不知道该怎么做才能让母亲为你感到高兴。然而，每个星期她都会给你打电话留言，提醒你该逗乐她了——"我只是想知道你最近怎么样了。"

别人都是怎么过的？你很想知道。

也许有的人在七天里环游了世界，与狼共舞，钻火圈，与海鳝一起游泳，乘火车穿越大平原，变性，或者成了百万富翁。谁知道呢？

一个星期的时间里，除了你吃了什么，邮箱里收到哪种类型的广告，你根本没什么可说的。

你妈妈不理解。在她看来，你的生活必定是精彩的、情感丰富的、前途无限的。

不对她撒谎就会令她失望，你能从她的声音中，从她说"哦，就这样啊"的语调中听出来。于是你做足了准备，就像应对学术报告。你每周都得用矮脚凳充作书桌，趴在上面构思你可以做的事情，只当自己不是注定活得如同一只躲在石头底下的螃蟹。

你虚构了一种生活、一份工作、一个银行账户、一群朋友。你给她描述你与救援队俱乐部一起度过的聚会，讲述你受邀顶替米歇尔·德鲁克主持节目（她一度信以为真），总之就是这一类事情。

在这个虚构的完美世界里，一切都进行得很顺利，直到今天早上。

你想跟她说你在街上偶遇吉拉尔·德帕迪约,却用了一个容易引发误会的动词:"我遇到了一个人,你绝对不会相信的!"

还没等你讲出下句,你妈妈就联想开了,一口气问道:"啊,太棒了!你打算什么时候带她给我认识一下?她漂亮吗?她父母是做什么的?你们住在一起了吗?我可以帮你们看孩子吗?"

慌乱之中,你假装有另一个电话打进来了,你在其中当志愿者的救援营队呼叫你。着火了!你挂断了电话,满头大汗,脑子里只有一个问题:怎么才能从这个坑里逃出去?

上谷歌,输入"周末 陪同 女孩 价格"。

约 10 300 000 个搜索结果。

显示的价格吓得你仰面跌倒。

这个世界怎么了?为什么连撒谎都成了富人才玩得起的游戏?

与苦恼妥协

愁容满面。

你们瘫坐在沙发里看着电视机,却没有一个人有力气打开它。一千克奶酪在胃里溶化,三克酒精在血液里流淌。你们一遍遍地陈述着各自的苦闷:石斑鱼支持的球队被吊打了;你刚刚得知你最喜欢的电视剧不会续订了;傻大个在交友软件上被人踢了。唯有马隆还有一点儿残存的斗志。

"我知道我们需要什么了!"

"新的中后卫?"石斑鱼发出一声叹息。

"甜点!"

"你还饿?"傻大个表示震惊。

"我们需要糖分来消化这一切。你们试过就知道了。我认识一个黎巴嫩人,那哥们儿简直是巴克拉瓦界的保罗·博古斯[1]!"

"关门了。"你告知他,"我上个星期路过那里,有人要在那个地方开一家赛百味。"

马隆重新坐下,脸白如纸:"朋友们……这一天,是美食界的至暗之日。"

---

[1] 巴克拉瓦是一种流行于中东地区的果仁糖饼。保罗·博古斯是法国公认的厨艺泰斗,被称为"世纪厨师"。——译者注

沉默再度降临。叹息。肚子咕噜声。

远处有声音传来，证明巴黎是一场盛宴——不幸的是你们没有获邀参加。

照规矩，你提议玩一局掌机游戏。

"都是像素，我已经厌倦了电子游戏。"

"打篮球？"

"跳起来又怎么样？反正还是要落地。"

"玩跳棋？"

"既不爱跳也不爱棋。"

痛苦时刻需要狠招。你执意要组织一场水球大战。当心！你扔出一枚、两枚，到第三枚时，傻大个问你是不是这个年纪不太适合玩这种无脑游戏了。

画面定格——被车头灯吓傻的兔子的眼神。

你们都知道答案是什么。

你又拖着沉重的双腿回到沙发上，这时候石斑鱼哀叹一声："3比0啊，该死的！挽回一点点尊严就那么难吗？"

"我再也找不到一家那样的糕点店了。"马隆说，"那是在味蕾上放烟花，那是无须前戏的爱！"

"照这样下去，我跟你们说，肯定会降级！"

傻大个突然站起身，挥动一根手指威胁道："够了！我们不能继续这样下去了！"

"用得着你说？"石斑鱼咕哝了一句。

"我们本该处于人生中最美好的时光，但是看看我们现在的样子。说真的，看看！四个老青年在这里混吃等死，干脆成立个废物俱乐部吧！"

马隆把手伸进空空如也的薯片袋，哀叹一声："令人绝望。"

"这样的夜晚我们经历过多少回了？"

"确实太频繁了。"石斑鱼承认。

"面对现实吧，一切都是徒劳。虚无。还要经历多少次实习，才能找到工作？还要吃多少次闭门羹……"

"多少次打击！"

"这个庸俗的社会中没有我们的位置！这就是最终的真相：没有人要我们！"

"一个人都没有。"你由衷地附和。

"而且年纪越大，情况越糟！"

"我们能怎么办？"马隆问，声音里已经带上了哭腔。

"我们是年轻人，"傻大个重拾旧调，"骄傲的年轻人！让我们迎难而上！逃离这种排斥我们的生活！"

"说得好！"马隆赞道。

"让我们带着我们的幻梦跳进塞纳河——从此不再提起。"

你小声提醒他们，这事你不太愿意："别说傻话了，我不会游泳。"

"那更有理由跳了，朋友！"

石斑鱼漫不经心地耸了耸肩："我宁肯死也不愿意支持一支乙级球队……"

在集体性的冲动中，你们无言地起身，系上腰带，披上外套。石斑鱼用《自杀不痛》的调调吹起了口哨。

突然，门开了，酷女孩出现在门口，状态微醺。

"哦，帅哥们都在！你们在干什么呢？要出门吗？"

自我了断的念头瞬间被抛到脑后，你们异口同声地答道："没有！我们等你呢！"

一个闲人一生中的二十四小时

酷女孩两眼放光地走进客厅，宣布你即将成为明星了。

"我把你的号码给了一个记者朋友，他正在准备一个电台报道，专门讲年轻毕业生融入社会的难处。"

"别算上我。"你正在看漫画，头都没抬一下就回绝了她。

你不是马戏团里的动物，日程安排里没有用钻火圈来娱乐观众。你有你的尊严，谢谢。

但她一再劝你，说这事关她的声誉、她的职业生涯、你们的友谊、人类的未来……

你坚守立场，说没得谈。

她笑了，你无法抗拒。

再说了，逢场作戏也没什么大不了的。

他们想要一个无业的人？那就来呗。

采访首先通过电话进行。

"你的一天是怎么度过的？"那位记者问。

"哦，没什么特别的事。就是睡觉。"

电话那头在苦笑。记者先生嘀咕了几句，你没听清。他继续提问："你有没有在就业中心的咨询处预约？有的话我可以陪你一起去吗？"

"目前还没有。但下周有个就业讨论会，我其实没什么兴致，但你要是乐意的话，我们可以在那里见面。"

你们就这么约定了。

你迟到了，那位记者也是。聚会已经开始了，但你更愿意在门外等他。时间一分钟一分钟地流逝。十分钟，十五分钟……他终于出现在走廊尽头。他用背带斜挎着一台可笑的老式卡带录音机。这位当代新闻工作者如同在战地报道，对着麦克风低声说："此刻我抵达现场，里面的大厅就是讨论会的举办地。我看到了我联系的那位失业者，他面容紧绷，想必是紧张使然，但他神色坚定，看来极力想摆脱现状。"

你背过身，想看看他是不是在说别人，但显然他说的不是那位正在扫楼梯的清洁工，因为他嘴里叼着烟，看起来悠然自得。

握手，你好，你好，幸会。

你的着装似乎令他感到惊讶。是的，为了这次活动，你特意穿上了平时当睡衣穿的绒布运动服，而且没有洗澡。你的头发横七竖八，眼皮松垮低垂。你示意他不必为此惊慌。

"放心吧，这种场合我轻车熟路，我知道自己在干什么。"

"好吧，既然你都这么说了……不过，我还有事，不能久留，我知道取材还没结束，所以我需要你来录音，你按这儿，然后按这儿，我傍晚再回来取，没问题了吧？"

你看着那台机器，它像极了《捉鬼敢死队》里那几个人用的设备。

正如每次你想起这个片名时那样，电影的主题曲开始在你脑子里回响："你该呼叫谁？捉鬼敢死队！"

"行，应该没问题。"

你把录音机挂到脖子上,感觉这玩意儿有千斤重。

"好,你很棒。加油!"

你回他一个高深莫测的微笑,意思是让记者先生明白你不需要加油。

你礼貌地敲门后进入大厅。

"什么事?"一位中年女士问,从她的声音里能感受到她的工作很单调。

"我是来参加就业讨论会的。"

"你迟到了。"

"这不是我的错。"

"你为什么带着录音机和麦克风?"

"我记性很差,带这些是为了保证能一字不漏地记下。"

"找地方坐吧。"

你不假思索地摸到了整个学生时代专属于你的位置——最后排,靠着暖气片。

时间的沙漏患了伤风感冒,流得格外慢。几位演讲者长篇大论地谈论着坚持的重要性。根据他们的说法,找工作并非一场开战前就已失败的战役,你必须记住:你的文凭就是武器,你的简历就是盾牌;你是无所畏惧、无可指摘的征服者;你不惧怕任何人——任、何、人。

有那么一个瞬间,你生怕他们会教你在脸上画油彩,呼出一声战斗口号之后立马去参加面试,但好在吃饭的时间到了。你回家睡了个午觉,这事儿可不能马虎。

下午一眨眼就过去了。

你在桌子底下藏了一本好书,而且外面院子里有一群小孩在不知疲倦地踢一场足球赛,挺好看的。

下午4点中场休息时,记者重新现身。

他不怎么谨慎,撞翻了几把椅子,来到你旁边坐下。

"怎么样?顺利吗?"

你垂下脸说:"失业这件事吧,似乎不能说顺利。"

他点头敷衍了你一下,然后迫不及待地拿走录音机,用头戴式耳机听这一天的录音。

几秒钟后,他扭头望着你,脸色惶恐:"你没弄对吧?我什么也听不见。"

"没有呀,我一直录着呢。"

"但是,这儿离声音源太远了!完全无法采用!没有声音,我怎么做广播报道!不行,得从头来,你去提问题,坐第一排去……"

你摇头,告诉他你的确会做很多事情——向后翻跟头、煎蛋、学猫头鹰叫,但要在公共场合发言嘛,不会。你表明了态度,但他似乎没有听进去,一把抓住你的手臂,强迫你举过头顶。

"打扰一下!这个年轻人想得到一些求职方面的建议。"他对着参会的众人说。

你想消失,想蒸发,想变作尘埃,想化成液体流到椅子下面——其实你正在那么做。

"不是,没有,都挺好,我没有问题。"

他在桌子下面踢了一下你的小腿。

"啊对,不好意思,我想起来了……"

"您请说。"

"工作,光是想想都觉得累。我想找到这样一个岗位,它可以让我不下床,没有固定的工作时间,不用见任何人。你们觉得这样的活儿好找吗?"

在场的演讲者们面面相觑,有人咳嗽,有人打哈欠。你没有得到回答。

一出门,记者就问:"你有什么毛病?你不想摆脱现状吗?不想找个工作、融入社会?不想做一番事业?不想实现自我?不想攀上马斯洛的金字塔尖吗?"

"才不要呢,"你扬了扬手,"我不想找麻烦。"

租约的变化

石斑鱼走了。你们平静地分开,没有大张旗鼓,约好以后再联系,有空一起看比赛。

他提这事已经有段时间了,你都以为他不会真的离开。

不过一切故事都有个结局,不论那结局是好是坏,合租生活也不例外。

现在需要知道的是酷女孩和你该如何继续租住这个突然显得空荡荡的公寓。明智的做法是你们都走,换一个小一点儿的住处,但是出于种种原因——很可能也是因为懒,你们不想离开这里。

酷女孩只需走几步,就可以到街对面最喜欢的酒吧里买醉。

而你,再也找不到更好的打量来往行人和朝楼下丢水球的阳台了。

面对逆境,酷女孩显得很镇定。

"我们能搞定的。"她说这话时显得娇憨可爱。

你预感到了如山倾一般袭来的事实:她会带回来一个男的。这一点儿毋庸置疑,只是不知道她会带哪一个回来……到目前为止,她俘获的大部分人都会引起你的不良欲望,例如想杀人或半夜扮鬼吓人。

不过就这样吧,这也由不得你。

况且,你已经成功地跟一个橄榄球迷共用一间客厅了,应该也对付得了一对情侣。

恰到好处的谎言

你没怎么见过周六的早上。

但毕竟不是每天都能成为国家电台的报道对象,于是你做出了相应的努力:你起床了。酷女孩和你裹在一条被子里,各戴一只耳机,不耐烦地等待着那个高光时刻的到来。说起来,她更不耐烦一点儿,因为你几乎睁不开眼睛。

突然,节目开始了。

悬念达到了顶点。

在介绍词里,那位记者用郑重的语气宣布他碰到了一个迷人的无脊椎动物样本、介于人与游蛇之间的未被发现的一环、当代年轻人对工作毫不上心的活生生的铁证。

酷女孩朝你眨了眨眼,大拇指竖了起来。

他们用你的答录机留言作为开篇。真巧,你当时就是为了眼下这种情形录的:

我应该正在睡觉什么的。

你可以给我留言。

但我可能懒得给你打回去。

在《人生无须烦恼》[1]的旋律中，记者一五一十地讲述了这位当代巴托比不工作的一天的经历，其间援引你的自白作为佐证。你在打哈欠和打呼噜的间隙讲述了你的日程安排以及你的人生抱负——"我不想找麻烦"。

结尾时，讨论会的组织者证实了记者的话："您要知道，像他那样的小伙子在我们这个时代相当具有代表性。这样的人有增多的趋势。这很可悲，但我们必须承认现状，如今的年轻人，他们唯一的人生抱负就是醒来等待自己足够疲倦，然后去睡觉。要我说，人类或许是猴子变的，但他们表现得越来越像宠物猫。"

听起来很简单，你证明了人类正在走向灭亡。

你嘴里泛起一股怪味。

回到现场，录音室里响起掌声。不可思议。

---

1 这是创作于1921年的法语歌曲，歌词意在劝解世人，人生中的任何事都不值得我们为之忧心。——译者注

女主持人和记者都盛赞这股对抗当下焦虑氛围的新风，说难得青年人能以嬉笑化解抑郁，而你则被加封为"快乐的亚历山大"[1]的衣钵传承人。他们祝你午睡香甜，一切顺利，人生幸福，整个小团体洋溢着欢乐的气息。

节目刚结束，酷女孩就跳起来搂住你的脖子："我真为你感到骄傲。"

你努力直起身，更努力地挤出一个微笑。微笑总是合宜的……

然后，你借口说要补觉，把被子拉到耳朵根。

事实上你感到眩晕。

刚刚发生的事不可谓小事。

从个人角度说，那不啻一场变天的大革命。

懒惰是你的掩护。你刚刚发现你的不幸成了别人的消遣。

匆匆过客的过去式

你从阳台上看着人们在你鼻子下方赶路，然后远去，远去，远去……直到变成地平线上的省略号。

---

[1] 出自1968年的同名喜剧电影。——译者注

你心想这或许就是人生:把自己变小,融入背景。

如有雷同,纯属巧合

酷女孩和你去看电影,调节一下心情。

放《哥斯拉》的厅满座了,你们退而求其次,选了一部讲合租生活的片子,片名叫《轻松自由》。

预告片一支接一支:一帮变异人;失业者搞运动;汤姆·克鲁斯的发型。爆米花桶放在两人中间,你们时不时地轻轻触碰到对方的手。

你想跟她说她是多么光彩夺目,她的香水让你想要像吸血鬼那样咬她的脖子……

但此时灯光熄灭了。

影片的主人公是个不再年轻的家伙,像你一样;他不知道该怎样度过人生,像你一样;于是他用懒惰粉饰他的混乱,像你一样。

从开头到结尾,你看到主人公与你有太多相似的地方。

到了这种程度,就不能用"反映"来形容了,简直就是"曝光"。

要是有人想拍一部关于你的电影,恐怕也不会有任何不同。

剧终,你惴惴不安地转向酷女孩,想印证你的看法。她打了个哈欠,长长地叹了口气。

"你觉得好看吗?"

"我……呃……不好说。"

"有些地方挺逗的,但主角完全不可理喻。"

"你对他哪些地方不满?"

"一切!我承认世上存在这种没有欲望、没有野心的人,但是凡事总要有个限度。你怎么能对这样的人产生认同感?"

"我也不知道。这可能是一种建设性的妥协吧。"

"我看不出在这种消极态度里有什么建设性。如果活着就是为了睡觉,那为什么还要费劲活着呢?你能告诉我吗?我们要的是活力!是行动!"

话说到这一步,你已经分不清她谈论的是电影还是你的生活方式了。于是你忙不迭用低沉的嗓音补充道:"我们要的是《哥斯拉》!"

"对嘛……"

你往嘴里塞了一大把爆米花,堵住了那股在你口中弥漫的苦涩味道。

失业者乐园

无所事事很美妙,但不能填饱肚子。

酷女孩说找份工作也无妨,你听从她的建议,来到了就业中心。

你在指定时间到达,接待处的一位女士叫你耐心等待。

等候厅里只有翻纸的声音,翻纸的人都是逆来顺受的样子。

十分钟过去了。

你的咨询师终于气喘吁吁地来了,手里拿着一份三明治。

你跟着她进入她的办公室,那是用可移动的挡板隔出来的一片狭小空间。

"你随便找个地方坐吧。"她说。

"奇怪……"你一边这样想着,一边绕到桌子后面。你坐下,她也是。一把扶手椅,坐进去两个人……你们的臀部挤在一起。你感到轻微的不适。

"欸,这是我的位置。"

"哦,不好意思。"

"那边有个矮脚凳。"

"我刚才没看见。"

你到她对面坐下,你们一高一低。

"为什么来这里?"

"我不知道……因为失业?"

她突然正襟危坐。

"是的,这段时间形势确实不太好……"

你点点头。是的,人们都这么说。

她提了一些关于你的教育背景、履历的问题,还问了你的年龄。

她的眉毛渐渐皱成了倒 V 字形。

"哎呀,可你也不算年轻了呀!"

"是不太年轻了……"

"你应该走出来了,就像人家说的那样。"

"是的。"

"不要担心,我会给你找到一份工作的。"

她言出必行,从抽屉里掏出一摞册子,然后把有可能的机会一一摆在你面前。

"泥瓦工?"

"体格不行。"

"银行职员?"

"不感兴趣。"

"夜间保安?"

"我睡得很死。"

"按摩师?"

"我手汗多。"

"前台接待员?"

"我怕人。"

"私家侦探?"

"没耐心。"

"跑龙套?"

"啊,不行!我最怕被人认出来。"

她神经质地挪动小碎步,用屁股带着椅子绕过桌子。她来到你身边,抓住你的手。她的手很干,有蟹肉棒的味道。

"你到底想找什么样的工作?"

你想到了酷女孩,想到你们要一起支付的房租,想到人活着总是要做点什么……最终你又念出了那句堪称独家咒语的话。

"我不想找麻烦。"

你的咨询师靠回到椅背上,十指交叉,一口气叹出了肺部所承载的全部空气。

"我可怜的朋友,我们都一样。"

潜台词

你不常去剧院。

这是一个错误、一种缺憾。

好在马里沃显灵,为你呈现了一场精彩绝伦的表演。

通奸,吃醋的丈夫,虚假告白,滑稽表演。

于是你成了一出你从没想过要看的戏剧的第一排观众。

合租生活告急。

台上的一对情侣互相伤害。他,爱她爱得发疯;她,没那么爱他。

他们的结合似乎是开放式的,比较自由,至少足以容忍她夜夜出去玩耍,两天里有一天夜不归宿,而他躺在床上看《追忆似水年华》。

他们达成共识了吗?他们都赞同灵与肉分离吗?

反正他们俩关系还不错。

令人忍不住叫好……直到今天。

你冷不防收到了酷女孩的一封邮件,通知你她要有一段时间不回来睡觉了:她遇见了别的人,装不下去了。

你震惊,为难。她希望你做什么呢?

你难道应该扮演信使的角色吗?

收拾破碎之心的残片?

这么一来,还怎么合租?

悲剧中的悲剧。这个烂摊子你该如何收拾?

为了逃避这些问题,你关上电脑,甩上门,下定决心能多晚回来就多晚回来。

眼不见,心不烦。

你在街上闲逛,咒骂挡住路的鸽子和行人。

你喝了几杯啤酒,遗憾的是,人不能淹死在酒里。

你看了一场电影,该死的大烂片,烂得你想睡都睡不着。

天可怜见,这一夜过完了。

你可以睡觉了。

你回到公寓,电视机还亮着。

刺耳的音乐,黑白画面——你认出来了,是戈达尔的《蔑视》。

你默不作声,在酷女孩的男友身旁坐下,跟他打了声招呼。你沉醉于碧姬·芭铎的火辣造型,一时间忘记了在他背后发生的悲剧。

"怎么回事?我联系不上她。"

你不动如大理石像。

"她肯定又把手机丢了……"

你下巴紧绷。

"哎呀,我跟你打赌……总有一天她会连脑袋都找不着的。"他笑着说。

你一个字都没说,起身,把自己关在房间里。

你后半夜起来上厕所,看到他在厨房里吃酸奶。他面前堆着十来个空罐,说明这绝不是他吃的第一罐。他的双眼浮肿。

"她在哪儿?"他咆哮一声。

你想抱住他,在他耳边说,抱歉,对不起,加油,人生就是这样,这种事发生了谁也拦不住。

但不该由你来说这些。这是她的事。

自知者明,也许

你贴在厨房窗玻璃上,一边看着天上的云,一边吃着抹了蛋黄酱的面包片。这时,酷女孩的未来前男友走进来吓了你一跳。

"早啊!这日子真像臭狗屎,不是吗?"

"哦,行啦,不能因为我一个人孤零零地吃早餐就判定我生活不幸。"

"我是说我自己呢。"

"啊,抱歉。生活确实有时候臭烘烘的。"

"你可算说对了。" 他长叹一口气,向你证明了他口中的味道确实不怎么样。

沉默再度降临,这并不会对你造成困扰。

你和石斑鱼合租的后遗症之一就是喜欢听自己大声咀嚼食物的声音。只是,当一个濒临崩溃、眼里发出求救信号的人迫切等待你的回应时,你没法安然享用。来了,他开始了内心独白。

"我无法相信,这怎么可能?你不可能突然就不爱一个人了,连个解释都没有,我们俩明明相处得很好呀!这中间肯定有什么事。我猜她是加入了邪教组织或者沾染上了毒品,因为你不可能突然就不爱一个人了,这不可能!"

他颤抖、流汗。

出于奇妙的模仿本能,你也开始颤抖、流汗。

你本应该闭紧嘴,不说破那个秘密,但你忍不住了,必须让他看清明晃晃的现实。

"你就从来没想过……"

"什么?什么?你想说什么?"他一连串追问,眼看就要中风了似的。

"我不知道……也许,只是……也许她压根就没爱过你?"

"你在开玩笑吗?"

"没有,我只是说……我不知道。一个像她那样的女孩……像我们这样的男人……到了某个时刻,该清醒了。"

他看着你,仿佛在看一个笨蛋宣称地球是平的。

他的脸上掠过一丝阴影,然后他爆发出一阵神经质的大笑。

"啊哈哈!这个笑话真好笑!"

你不知道还能说什么。

于是,你也跟着笑了。

分享痛苦

你整个周末都不在,很好奇故事发生了什么样的反转,你们的公寓是否已经变成了事故现场。

他知道了吗?

她把情人藏进壁橱了吗?

他在客厅上吊了吗?

很多疑问,很多可能性。

然而，打开门后看到的景象还是超出了你的全部设想。

到处都是衣服，地上，吊灯上，垃圾桶里，马桶里，内裤、胸罩、花裙子，横七竖八，凌乱不堪。

仿佛海啸在你们的公寓里举办过一场聚会，邀请了它的朋友飓风、台风、旋风等。你小心翼翼地穿过走廊，从卧室里隐约传出"痛苦灵魂与破碎心灵的王子"艾略特·史密斯的歌声。

干杯，宝贝……
整夜不眠不休……

你推开半掩的房门，床上有一个默默啜泣的身影。

你决意置身事外，躲进了厨房。

冰箱里还剩了些儿童奶酪。好极了！总不至于让一个"绿帽子"的故事坏了你的胃口……你是个无忧无虑的吃货，咀嚼着平时会让你沉醉的软奶酪。但隔着墙你听到一串"为什么"，可能是问她，也可能是问你。你喉咙打结，胃部沉重，奶酪怎么也咽不下去了，最后吐在洗碗池里。

你踮着脚走到卧室里，床是空的。

你走近书桌。他蜷缩在酷女孩的电脑前，脸色苍白。

屏幕上是她的邮箱登录页面。

"别犯傻。"你说。你也不知道他叫什么名字。
"密码！"他咆哮道，"我要她的密码！"

你看看墙上的便利贴，仿佛密码就在上面，在你眼皮子底下。几张简笔画的笑脸，一份待购清单，一张火车票的信息——没有任何价值。在这段时间里，他一直没有停止对着空气咆哮。

"她外面有人了。我知道！我要知道那个狗娘养的是谁！"
可怜的男人……这是人之常情，但同时又如此不堪。
你摇了摇头，从他手里抓起键盘。他不放手。
你加重了语气："别再胡闹了！给自己留点儿尊严，要自重！要认清现实。你有过机会，我也有过机会。我们都失败了……"

他停止了抽泣，他的呼吸渐渐平复。屋里仍是一团糟，但一道平静的浪覆盖了整个房间。

"好了，都结束了。"你低声说。
你扶他站起来。你们握手，剧终。
镜子里的显影将这一刻定格为永恒。

镜子里只有你。
你独自一人。

第三部分

> 你满心疑惑。你应该去医院做手术:
> "你们好,诸位医生,我来请你们帮忙摘掉我的疑惑。
> 请不要笑,要是不给我取出来,我怕是要死。"
>
> ——恩里科·雷默特《罗塞蒂》

新意

你有一部精神词典,当它没有被藏在你当枕头用的贫瘠的小脑下面时,你偶尔会翻阅一下。词典里面的一大堆定义可以给你的人生赋予一些意义,前提是你愿意花心思寻找。

第一页上写着:

工作

源自拉丁语 tripalium,意为受苦。近义词为起床、无聊、浪费时间,在某些语境下与责任同义。需避之,或者至少别太认真对待。

考虑到有人刚给你找了一份工作,你希望这个词条能生出些许新意。

进来吧，笨蛋

你在无业的海洋中已经浸泡了……哦，你都不知道浸泡多久了。

就像以往每次分手后那样，你有点儿自暴自弃——这很正常。

或许你开始散发出霉味或者倒霉味了。

又或许是你的朋友们受够了总是请你喝酒，而你这个和平主义者（恶毒的人可能会说是吝啬鬼）总是心安理得地接受而从不回请。

无论如何，他们中的一些人开始动了逼你去工作的邪念。你就不点明是谁了吧。

傻大个和莎乐美在大型传媒集团莫洛克找到了工作。据说老板是一位白手起家的商人，以掠夺性极强的行事作风和一头金发闻名，被媒体称为"大金鲨"。

电视、广播、报刊……他想征服世界。

乍一看，他的商业策略是押注于年轻人，这个策略大胆但成本低廉。

整个队伍都由可塑性很强的小兵组成，他们不太计较工作时间、薪资待遇及职业伦理，这样的人力成本自然是低的。不用说，一大群年轻人得到了实习机会。你也考虑过加入其中，不过后来被什么（懒惰？谨慎？）耽搁了。

但傻大个和莎乐美没有放弃。
"我们为你规划好了！把你的简历发过来。"

你乖乖照做了。
几分钟后，他们气急败坏地给你打来电话。
"笨蛋！幸亏我们在把它交给人力资源总监之前扫了一眼。"
"怎么了？"
"里面写的都是些什么玩意儿！"
"嘿，如果你们指的是我的文凭，那可就不厚道了。我知道我上的不是国家政治学院，但如果你们因此鄙视我……"
"闭嘴，我们把你的'兴趣爱好'删掉了，那简直是胡闹。"
"喜欢看斗鸡有什么问题吗？"
"闭嘴。最后一次告诉你，并非所有的雇主都是你的朋友。听明白了吗？不要开玩笑！"
你本想提出抗议，装作要生气的样子，但你近来感觉有些懒得做这种事情了。再者，他们也许不无道理。
两小时后，莫洛克集团的人力资源总监打电话来请你去面试。

欢迎来到天堂

莫洛克集团总部位于塞纳河畔,巴黎的入口处。

集团大厦一枝独秀,以黑帮分子的笃定神态傲视周围的建筑。

你到前台报到,一个梳着华丽发髻的接待员递给你一张通行卡。

前面路上立着一道安检门,你心想,在这保险箱一样的地方工作,想必不能随便开玩笑。医院般的气味,机场般的安检程序:欢迎来到工作的世界……

但走出没几米,气氛陡然变了。

走廊里一片欢腾。

有人跑。有人笑。

有人尖叫。有人踢足球。有人跳房子。

躲猫猫。撕名牌。

仿佛实景重现课间休息时的校园。

电梯口,一个穿着鸟人服装的男子帮你留住电梯。

不可思议。你头一回亲眼看见让人感觉舒适如家的办公室。

人力资源总监的办公室门开着,你怯生生地敲了敲门。

"您好!"他边说边绕过办公桌。

你还没回答，甚至都没来得及露出你的推销员式笑容，他就已抓住你的胳膊，把你带向门口。

"年轻人，你被录用了！"

好吧。

你也不是没见识过不寻常的面试，比方说让你临时表演一段舞步啦，模仿母鸡啦——那次很经典。

但这次毫无疑问赢得了"最快速面试"的桂冠。

你轻松地走了出来，心情愉快，穿过笑声和歌声。

在傻大个和莎乐美的陪同下，你第一次踏进开放式办公室。

他们齐声喊："欢迎来到天堂！"

你完全不知道你要在这里要做什么。

但从现在开始，你有了一份工作合同，要遵守一张工作时间表。

希望他们雇你是为了你会做的事。

换句话说……你会做的并不多。

天选之人

正式入职的第一天,主编叫你去他的办公室。

他是报社里唯一的老人,开放式办公室里的人称他为"始祖"。

管理层让他从编辑部搬到了另一个楼层。

有些人声称这是为了彰显他的权威。

另有些人认为这证明了他的无用。

不管怎样,当你来到他半掩的门前时,他正在里面打盹儿。

你环顾四周。他的办公室像非洲艺术与文明博物馆的某个房间,各式各样的小摆设、小雕像和大砍刀占据了书架的每一个角落。他的办公桌上摊开放着一套彩色铅笔,暴露了他对彩虹或者涂色书的迷恋。

你轻轻敲了三下门。

始祖猛然挺直了身子,整了整粗花呢上装。

"请进!"

"您好,您找我?"

始祖庄重地点了点头。他用目光为你做了全身扫描,冷不丁从口袋里掏出一把缺了几齿的梳子。然后,他仿佛拧紧了发条的玩偶,用抑扬顿挫的语调开始讲课。

"做新闻就像理发……"

始祖曾是通讯员、作家、导演、探险家、作词家、妇女之友、青年偶像;现在他被雪藏。墙上挂着他过往荣光的遗迹:一份杰克·凯鲁亚克的亲笔签名,一张金唱片,一件米歇尔·普拉蒂尼的球衣,一大堆他与另一个时代的明星的合影——碧姬·芭铎、弗兰克·辛纳屈、马塞洛·马斯楚安尼,以及许多你不认识的人。

你半天才回过神来,他的比喻还没说完。

"……不能露出多余的发梢,明白吗?小伙子,一篇文章啊,要剪短,要梳理;而我们采访的对象呢,要顺毛梳理。永远如此。太多不耐烦的年轻人以为只要放肆就能引人注目。但是如果你想做刺头,那就去别的行业。脱口秀演员、不法之徒,想干什么都随便你,只是别来做新闻。"

"好的。"

"那么,你明白我对你的期望了吗?"

你完全不明白,于是你施展了"说话停顿法":话讲一半,让对方来填补空白。

"如果我没理解错的话,您希望我体现出……"

"魅力。"

"和……"

"时尚感。"

"但是……"

"不能落入俗套。"

"换句话说……"

"要让人做梦。"

"总结起来就是……"

"娱乐和信息兼备。"

"这就是……"

"对你的全部要求!"

你开始明白点儿皮毛了。

只是,时间还早,你困了,而他的独白似乎永无止境。

你强忍住哈欠,眼里雾蒙蒙的。

为了让眼泪蒸发,你开始眨眼睛。眨一下,眨很多下,快速地眨。该来的还是没拦住。

一滴眼泪顺着你的脸颊滑落。

慢慢地,一路流到底。

始祖停住了,惊讶地看着你。

显然,他的演讲第一次得到如此强烈的反应。

你不知道该说什么好,更糟糕的是你的鼻涕也开始流了出来。

于是,他带着充满父爱的神情绕过桌子,走到你旁边,把胳膊搭在你的肩膀上。

"不要这么感性,小伙子。你能做到的,我相信你。"

"你真这么认为?"

"嗐,我又不是让你去报道巴以冲突,我们说的不过是娱乐版块嘛,三岁小孩都能做!"

灭点[1]

对一份报纸而言,编辑方针就像灯塔一样,它为你指明方向,给你定下基调。一旦有了方针,其他的事便顺理成章了:只需要顺着它划定的轨道走,别出轨就行了,有点像玩越野滑雪。有些人文思枯竭,在白纸上迷了路,不知道哪里是起点、哪里是出路,编辑方针就是他们的北斗星,是放在他们肩头的一只大手,是在他们耳边低语的一个声音:"朋友,走这边。"

反过来说,编辑方针也可能使人束手束脚,如同绑在笔端的镣铐,如同压在良知上的重负。它是从字里行间冒出的杂乱的声音,提醒人们听命行事:"不能说这个,不

---

[1] 灭点:在透视投影中,一束平行于投影面的平行线的投影可以保持平行,而不平行于投影面的平行线的投影会聚集到一个点,这个点被称为灭点。灭点可以看作是无限远处的一点在投影面上的投影。

能说那个,要按惯例来……"

在束缚与拯救之间:有人或许根本不以为意。

但不在意也是个问题。你刚刚入职的这家报社没有编辑方针。

它仿佛一个神秘的美人,有些人跟你说过她是这样那样的,但你从没见过她的真面目——连背影都没见着。关于她的一些谣言荒诞不经。据说她扭曲、堕落、病态,是死胎,是工具主义者,是被诅咒的人。如果胆敢说出她的名字,就会遭遇厄运。

于是乎,编辑部如履薄冰。你们所知有限且从来不知道自己该干什么,你们都成了杂技演员,蒙住双眼行走在离地二十米的钢丝上。这里的深渊名叫就业市场。

如果传闻可信的话,那么仅有的几个敢出格的勇士都被开除了。也就是说,你最好目不斜视地走直线。

一个字都不能出格。所有的人都漂亮、善良:这就是对平庸、俗套和重复的奖励。无须取悦读者,更无须告知他们信息,你们要做的只是避免得罪老板(及避免触碰他的利益)。

在这种情况下,向主编报选题就成了令人头疼的难题。

"一个刚火起来的女明星染上毒瘾,被送进戒毒所的故事怎么样?"

"太粗俗。老板不喜欢底层人的文章。"

"这样啊,那我写写约翰尼·哈里戴吃华夫饼硌掉一颗牙的事。"

"唔……他是老板的朋友——选题敏感。"

"那我写一篇推荐'滚石乐队'吉他手基斯·理查兹自传的文章吧。"

"坏主意。老板更喜欢披头士。"

"一份明星减肥食谱档案?"

"可千万别动这个念头!体重是老板的心结。"

"好,那我还能写什么?"

"我怎么说你才能明白呢?写你想写的!"

"那我写写天气?"

"你学得挺快嘛!很好。"

休息不休

这是无法避免的。聚会上,假期里,醒来时,偶尔闲谈时,总有机灵鬼告诉你,"工作使人健康"。但他们真的相信医生会给感冒患者开出加班的处方吗?他们就不知道健康还是一座监狱[1]的名字吗?

这话都好意思说,那为什么不干脆说酷刑使人面色红润?

严肃点儿好不好……

不是人想休息,实在是休息太爱招惹人。

你和同事们不想陷入生产力陷阱,于是每个小时都溜号一次。

走门,昂首挺胸。

翻窗,小心低调。

无论如何,露台和咖啡机是你们的第二办公室。

偷懒不论出身。各个版块的人齐聚于此。

负责电子游戏的人汇报他在角色扮演游戏中拿了几个人头。

时尚的追随者宣布短筒裤即将重新流行起来。

地缘政治专家分析把埃菲尔铁塔迁移到迪拜的可行性。

体育专栏的负责人预测下一届环法脚踏船大赛的成绩。

在电视台扮演吉祥物的演员则来此地宣泄情绪,把他巨大的鸟人脑袋夹在胳膊底下,以莎士比亚的脑袋发誓,

---

[1] 巴黎蒙帕纳斯区的监狱,因为位于健康街而得名。——译者注

当下的工作只是临时的活计,很快他就会重返银幕——然而大家从未见过他出现在任何电影中。

接下来通常会有一场重要的辩论,比如关于僵尸的,一旦开始了就没完没了。一些人把它们看作受害者,另一些人则视它们为威胁;双方各说各的,无法达成共识。

一些人觉得它们让人看了难受,另一些人认为它们很搞笑;双方各说各的,无法达成共识。

一些人认为见到它们就该逃,另一些人认为应该加入它们;双方各说各的,无法达成共识。

一些人将它们视为第三时代的隐喻,另一些人从中品读出对消费社会的批判;双方各说各的,无法达成共识……

直到其中一人化身为始祖,喊出"天哪!这里可不是度假营地!",所有人才达成共识,该回去干活了。

至少做出干活的样子。

走廊风波

在工作场所经常产生这样的焦虑:在走廊里碰到说不到一块儿去的人该怎么办?

如何交流才不像电话答录机那样虚假?

你深受这个问题的困扰,以至于像印第安苏族人那样把耳朵贴在地上,探查是否有人靠近。

这一招劳而无功,尤其是当人力资源总监都从你身后过来时,你还没察觉。他看到你四肢着地,脑袋抵在地毯上,问:"啊!你是来检测地板的吗?"

你有走廊恐惧症。而那条连接开放式办公室与洗手间的走廊简直是苦难之路。

它又长又窄,而且有许多人走这条路,他们一个比一个笨重,你避之唯恐不及。

但有时候你的身体需要排泄,那条走廊就成了必经之路。

一来二去,你在小本本上标记了危险区域和需要避免的时段。

你掌握了每个人的习惯:吸烟的频率、喝咖啡的时间、吃点心的时间、发情期、匆忙的约会时间……

无论是惹人烦的还是招人恨的,其肠道运转周期你都了如指掌。

尽管你都已经做到这个地步了,但仍然不够。

当你坚信一路都是绿灯,终于迈出脚步时,走廊那头总会冒出一个两足直立动物,使你顿时丧失语言功能。因为知道说什么是一回事，怎么说又是另一回事。

假设某个人你这一天中还是第一次见到，那么只要问声好就可以了。

是的，但是什么时候开口？走廊很长，特别长。你应该远远地打招呼，还是走近了再说？

是采取主动，还是等对方先开口？

一旦打过招呼，你们应该笑脸相迎，哪怕很可能看起来傻乎乎的、像图书封底的作者大头照，还是一路低头看鞋？可不可以目露凶光，盯住对面的人，就像低成本的西部片里那样，让对方在眨眼之间明白你不想跟他嬉皮笑脸？

然后，问好要附上一声"嘿"或者"哦"吗？

"今天怎么样？""感觉如何？""状态挺好的？"这些问题问还是不问？

如果对方回问你，你应该用"还不错""周一嘛"之类俗套的话来回答，哪怕被人看作是俗不可耐的、惹人不快的人吗？"

万一两人行贴面礼或者握手了，该怎么抽身？嘟囔两声"好嘞，好嘞"？踮着脚走远？倒立着走？不转身？倒着走？斜着走？翻跟头？用《友谊地久天长》的旋律吹口哨？

很多问题得不到解答，想想就头疼。

于是，视线范围内一出现需要互动的对象，你就先发制人。

你开足马力，挥舞着手奔跑，仿佛有一群蜜蜂正在追你。

荒唐。人们以为你是疯子、瘾君子。

但至少没人打扰你了。

夜晚的意义

塑料棕榈树，热带风情音乐。

你们在市中心一座商厦的楼顶俯瞰巴黎城。

"这一切简直像是巴尔扎克写出来的。"傻大个说，"你能相信吗？结束了，实习期和保姆房。再见了，速食面和罐头肉。你能相信吗？我们是国家级日报的新闻工作者了！我们来到了食物链的顶端！享受美好的生活吧！"

"别带上我。"你底气不足地说，"八卦记者，我可不好意思说这是人生巅峰。"

"喂，好了！你以为我喜欢看书？我也想去体育专栏，但人得学会随机应变。快别扫兴了。狭路通天，同志！通往伟大事物的道路都是狭窄的！"

举起酒杯时，他从口袋里摸出一粒药丸，提出要对半分在你们的杯子里。

"这是什么东西？"

"摇头丸。"

"不要，谢谢。我唯一能接受的药是止咳糖浆，连那个都让我犯晕。"

傻大个叹了口气，一口闷了杯中酒，说："拥抱时代吧，这是一个实在人的使命。"

"你以前服用过吗？"

"没有。"

刘易斯和马隆加入了你们，大家讨论起了影院里的3D眼镜。有人支持，有人反对。傻大个蜷缩在长椅的一角，全程保持沉默。你问他怎么了，他抱怨说："我怀疑我被人骗了。他们卖给我的是阿司匹林。"

他好像被黄蜂蜇了，突然一跃而起，挺起胸膛向你们宣布："你们知道吗？我确定我会飞。"

马隆和你抓住他的衣领，不让他翻过围栏，投入虚空。他为了表示感谢，张开的双臂反过来抱住你们，抚摸你们的头发。

"哦，你们真柔软。相信我，你们软得像绵羊。我跟你们说过我爱你们吗,哥们儿?真的,我太爱你们了,太爱你们了。"

刘易斯把酒瓶夹在胳膊下面,腾出手来为你们鼓掌:"亲一个!亲一个!"

"说什么呢?我们可不好那一口!"

"保持开放的心态!"

余下来的大半个晚上,你们都用于疏导傻大个泛滥的爱意。他先是要跟沙发做爱,亲吻天线塔,背诵奥维德的诗句,然后跳一种新型舞蹈——胯部的动作,配合手在想象中的打字机上打字的动作——最后在吧台上扣篮,被保安驱逐。笑声戛然而止,你们都被赶了出来。

你们在街上走了很长一段时间,想找个新的去处。但是很奇怪,当你们中有人认为自己是无人机时,几乎没有任何场所会让你们进去。傻大个反复跳到车顶上,循环演唱"我相信我会飞",刘易斯听腻了,最终选择离开。拜拜,晚安,香槟以后再说。时间已经不早了,马隆提议叫一辆出租车直接去拉德芳斯商业区。他有工作安排,必须一大早到那里,这样他至少不会迟到。

你们瘫坐在新凯旋门的台阶上,不敢打破这科幻风格的背景营造出的静默。混凝土平原,玻璃大厦,没有什么比休息中的商业区更冷清了。过了好一会儿，马隆终于开口问了你一个敏感的问题。

"你有酷女孩的消息吗？"

"没有。"

"也许这样最好。"

"是呀。"

天色开始发白。傻大个面朝下趴在地上，睡得很安稳。你心下了然，将来某一天你会满怀深情地回想起此刻，但你在当下仍然无动于衷。无论身处哪个场景，你总是有种不属于这里的惘然之感。

"在你看来，我们什么时候会知道自己成功了？"

"我不知道。"马隆叹了一口气，"当我们发现有三明治以自己的名字命名时？"

"哎哟，这个不错。"

傻大个爬起来，脸上沾着一个烟蒂。他揉着眼睛说："菲茨杰拉德的小弟弟很小！"

"这有什么关系？"你很恼火。

"事物之间并非总有关联。"他边伸懒腰边说，"不要再相信任何事物都有意义。"

仿佛为了印证他说的话，一个五十来岁、白发、穿灰色西装的商务人士骑着电动滑板车从你们面前经过，他肩膀上有一只鹦鹉。

真的没骗你

你不是魔术师。

以前,你确实在家庭聚会或嘉年华等场合冒充过魔术师,但你的才能仅限于猜出一到三之间的数字或用鼻子让花生消失。

这次的要求远远超出了你的能力范围。

他们的要求简直属于科幻小说的范畴。

提前一个星期写一篇人物专题,既没有绯闻也没有真人秀可资参考,还不能拿任何人开玩笑……这就好比给汽车的油箱里倒花草茶,要让汽车发动起来,同时还不能造成污染。

加油。

时间紧,任务重,重得让你不可能承受,你只得做了一点儿变通。

现实使人消沉,这是你的错吗?你看到现实裸着上身,面色灰白又阴郁,你便忍不住想去拯救他。于是你给他剪头发,穿衣服,而且为了让他获得最佳第一印象,你在推他上台之前先把他粉饰一新,就像给偷来的汽车重新喷漆。

这也是一种文体风格,只待有识之士来赏识。

但始祖读了你那篇讲英国女王勇夺地下搏斗冠军的文章后,立刻大发雷霆。

"这是什么?你不能瞎写啊,年轻人。"

"我知道……但我觉得这样写会更有趣……"

"不对!不好!不行!你的职业是提供信息,而不是娱乐大众。"

有好时候就有坏时候,没办法。你只能重写。

为了显示出他们对你的要求是多么荒谬,你逐字逐句地严格依照"项目任务书"写。

你的新文章空洞得令人眩晕:莱昂纳多·迪卡普里奥被狗仔队撞见在一家超市里购买小甜点,当狗仔队问他"最近怎么样?"时,他回答"没什么特别的"。

始祖浏览了一遍,用拳头击捶了一下桌面。

"这才对嘛!"他欢喜地喊了出来,"既有诱惑力,又有亲近感——你离成功不远了!"

"但里面其实什么都没讲……"

"你还没明白吗?这就是这个专栏的全部意义,让普通人看到他们的偶像过得跟他们一样空虚。"

超低调英雄

办公室里，有时候他们会问你为什么总是不说话。

你通常耸耸肩，回答说你正在忙工作，或者干脆说你的心思不在这儿。

人们不知道的是，在这样的时刻，你的脚正踩在时间机器的油门上。

你的睫毛变长，变成利爪，变成剑，对所有不小心进入你视野的生物实施斩首。

眨眼间，你回到地面，回到座椅上，像陀螺一样旋转，让自己重新清醒。

极速转动。

你在地表上钻出一个洞。

你一跃而起，抓住吊灯，身体往前荡，然后凌空一个危险的后空翻，顺利落地。

不能因此而懈怠。

你的邻桌因为你耳机里的音乐声太响而瞪了你一眼，你的头部微不可察地动了一下，躲过了他的怒火攻击。

你以光速和财务部来给你送工资单的女孩亲热了一番。

你们在开放式办公室的集体掌声中起身，跳了一支华尔兹舞，接了个大劈叉，最后鞠躬。

你顺手在不惊扰任何人的情况下拆除了藏在地缘政治

专家办公室桌下的炸弹。

你走向休息室,一路上注意不踩在地砖的接缝上,否则地面可能会在你脚下塌陷。

再往前,你走在走廊的踢脚板上,以避开藏在地毯下面的鳄鱼。

你闪避从天花板上掉落的狼蛛。

你跳跃躲过住在电梯间上面的巨型猴子扔过来的石块。

你的手妙至毫巅地躲开了藏在咖啡机里的毒蛇。

你侧身溜出,险些被洗手间的墙挤成可丽饼。

你扑倒在地,躲避门口的激光。

你重新坐回工位,面不改色。

你拧下邻座的头当篮球玩,你让它以它嚼口香糖的频率弹跳。

你用你的消化系统玩俄罗斯方块。你用你的大脑演奏手风琴。

每隔三十分钟,不多不少,你要按三下回车键,否则——你知道为什么,但你不能说——世界末日就会到来。

不用说,你有这么多事情要做,所以没有一秒钟的空闲。

但这就是生活在幻想世界中的弊端。

人们不知道他们在跟什么人打交道。

小小记者

你是新闻工作者。

至少你假装是。

以前,这个职业意味着冒险、通行无阻、特权、文具店折扣、战争伤疤、内幕消息,以及许多留待日后在壁炉旁讲给人听的故事。

但据你身边的人说,那都是以前的事了。

现在,大部分记者整天挂在网上扒新闻。

如果他们挪动屁股,不是为了去食堂,就是为了去洗手间的宝座上找灵感。

把平常的事写成独家新闻,这个活计可不轻松。

剽窃一篇外文报道而不被察觉,这个任务很危险。

时代变了……

圈子的声誉不再。

这对你来说倒也不是问题,事实恰好相反。

要不是偶尔还需要做采访,这简直是你理想中的工作……

你的同事们特别喜欢采访。

"是这份工作好的一面。"他们说。

可采访对你来说是灾难!

采访意味着要跟陌生人说话，要看着他们的眼睛，即使他们讲的内容枯燥无味，也要假装听得津津有味。

当一个人生来腼腆、注意力短得像弹簧玩具时，这就是噩梦。

于是你动用复制粘贴大法。

你挖出档案，赋予它们第二次生命。

你用刊登过的文字堆叠起华丽的婚礼蛋糕。

你的文章缝线明显，看起来像弗兰肯斯坦制造的怪物。

你让一个"花瓶"说出奥斯卡·王尔德的警句。

你把叔本华的哲思塞进一个未成年歌手的歌词里。

但最令你得意的是，你让脾气暴躁的老作家说出帮派说唱的歌词：

> 他入选法兰西学院后的第一句话是："坐在全世界最高的宝座上，也无非是坐在自己的蛋蛋上！"

"他真的这么说了？"始祖有点儿不敢相信。

"差不多吧。"

"也没什么好奇怪的，他就是个蠢货。"

职业道德？你全都踩在脚下……

只要加上引号,事实就不重要了。

犹豫不决的游戏

你最大的忧惧之一是坐在马桶上遇见你生命中的那个女人。

但你偏偏忍不住:每次去洗手间,你都会不由自主地刷起交友软件。既然你在现实生活中没胆量接近任何人,那么交友软件就成了你唯一的寄托。

只是每次配对成功后,你都会第一时间浏览对方的照片,搜寻她状态糟糕的样子或者隐藏的恶习。在这个游戏中,你是当仁不让的高手。

我总是能找到一些不对头的东西。

就像格劳乔·马克斯拒绝加入一个愿意接受他为会员的俱乐部一样,你无法高看一个看得上你的女孩。这是原则问题。每逢此时,你脑子里出现的第一个想法是:"她应该是真的绝望了……"

在猎人本能(也可能是偷窥狂的饥渴)的驱使下,你接着逛其他约会网站,因为再没有比陌生人个人资料更让人上瘾、更刺激的了。娇小的，高大的，丰腴的，纤瘦的，滑稽的，忧伤的——呈现各种情绪的人们都攥在你手中。你看得昏昏欲睡时，忽然有一张性感女孩的照片提起了你的精神。棕色的头发、迷离的眼神、条纹毛衣、俏皮的噘嘴——完全是你的理想型。你拇指右滑——匹配成功！

你们聊了一会儿，话题从《广告狂人》的结局到吸血鬼德古拉的个人卫生，从西瓜的味道到水上乐园的未来，然后一张照片毫无征兆地冒了出来。你咽了下口水，使劲眨眼。是的，跟你想的一样，就是一张胸部的照片，附了一条消息："你拿什么回报我？"

各种想法从你脑海中闪过。

例如：呜哇，哇哦，天哪！

这对乳房巧夺天工，让人很难移开目光。但那是她的吗？会不会是个骗局，引导你发裸照，然后敲诈你？整件事美好得不像是真的。

她发来了新的消息："你不说话了？"（"我在等。"）

你抬头寻找答案——顶灯、水箱、被碾过的烟头——自始至终没法甩掉焊在脸上的傻笑。

"管他呢，"你对自己说，"人必须与时俱进。"

发裸照已是当代爱情语言中不可或缺的一部分。

于是，心跳加速、手指颤抖的你单手拿着手机，寻找最完美的拍摄角度。

你拧过来拗过去，从各个角度疯狂拍摄自己。

看到拍摄成果，你笑出了声。

怪异、可怜、可悲。

手机振动。新消息。

"我等得不耐烦了……"

你尝试从侧面再拍一张。

结果一样，糟透了。

你得认清现实：你玩不了这个游戏。

为什么你一看到裸露的身体立马会联想到生肉呢？

你被一股厌恶感淹没。你退出应用，卸载——第一千零一次。

你拖着沉重的脚步回到办公室，试图让自己相信这一切都是毫无意义的。

友谊赛

今天下午，你站在游戏主管的办公桌前。

"打开你的游戏机，我要跟你打网球！"

他看着你，面色阴郁，像一位深海垂钓的渔夫看着一只虾。他警告你:"我得给你上一课。"

"做梦!等着受虐吧!"

电子游戏有一个功能从来没有得到应有的重视:维持同性之间的性张力。

不说那个了。你们在开放式办公室的大屏幕前坐定,开始对战。

你选择了纳达尔,他选的是费德勒——和此刻电视上的比赛一模一样。

几个球过后,游戏主管开始一言不发地连续得分。

他宛如一台水泥做的自动售卖机。

他很少张嘴,但当他开口时,只是为了让你知道你不是他的对手:"回去写你的八卦新闻吧,小朋友。"

你的名誉遭受威胁。气氛开始变得紧张,一场精准打击、令人难以消受的惨败即将上演。

你琢磨着要不要玩个经典把戏,假装不小心拔掉电源插头——"我说了我不是故意的!"——这时候傻大个气喘吁吁地跑了过来:"当心,人力老大回来了!"

人力资源总监是你的偶像。他是全世界最深藏不露的人。他的办公室安了一扇门,没人知道那扇门有什么作用。

门从来不开,人永远不在。

有一天，你和傻大个把耳朵贴在门上，想听听他在干什么。你们听到了鼾声。天才。当然了，他偶尔会从办公室里出来露个面，证明他领薪水是合法合理的。这时候，他会过来和你们握手，亲密得就好像你们是他的室友。问题是，他从来都搞不清我们是谁或者干什么的。例如傻大个，在他眼里是园丁。至于你，变动不居。有几天他以为你是修咖啡机的师傅，最近你在走廊里碰到他，你又变成了食堂的厨师："好样的，年轻人！今天中午的小米饭很好吃。"

来不及关机了。当人力资源总监闯进来时，你们动用仅存的小聪明把手柄藏了起来。他的目光依次扫过屏幕、你们、屏幕，最后停留在你们身上。

"看来我们这里有网球迷啊！"

你们点点头。他就着这个话题开讲了。

"你们肯定会大吃一惊：我年轻时差点儿成为一名职业网球选手！"

"真——的假的？"

"哈，真的！我在巅峰时期一度排名第 3615——差不多就是那个梯队的吧……"

高水平运动如同艺术才能。

如果你相信他们的说法，那么他们都是差一点儿就要攀到顶峰——要不是运气不好，有了孩子，得了花粉热……人力资源总监也不例外。他的故事能把处于关机状态的测谎仪逼疯，但你们仍然一致颂扬他，只希望能送走他。

"我们一眼就看出您有运动员的体格。"

"光从您握手的力道中都能感觉出来！"

"啊，你们过奖了……介意我留下来跟你们一起看吗？"他说着，在电视机前坐了下来。

你们要被抓现行了。你和游戏主管互换眼神。要么你们起身去换频道，要么你们接着打一局。运气好的话，说不定人力资源总监会蠢得分辨不出来。

值得一试。你们决定继续打。

"咦，怪了，比分跟上面不一致啊。"人力资源总监疑惑道。

"是吗？"你傻笑着问，"您说比分是多少？"

"纳达尔5-3领先，而那边显示的是他3-0落后。"

"因为有时差。"你尝试着解释，"不是来自同一条天线。但您不用担心，我有预感，瑞士小子会好起来的……"

你低声对游戏主管说："你没得选，必须让我赢……"

从他眉毛的形状判断，他不是很乐意。

两局过后，人力资源总监还坐着不走，每次费德勒或你得分时他都鼓掌。

傻大个向你们通报真实的比分，你们随之调整你们的比分。

比赛结束后(6-3, 6-2, 6-3)，人力资源总监评价道：

"对嘛，朋友们，这就是我说的力挽狂澜！"

游戏主管眼看就要撕开衬衫释放怒火了，但你依然忍不住炫耀："英雄所见略同！"

人力资源总监起身时，把手按在你的肩膀上："年轻人，正好碰上了，请允许我说，今天中午的铁锅炖肉真是人间美味啊！"

急盼周一

周一最让你受不了的是，每个人——真的是每一个人——都要问同一个该死的问题："你的周末过得怎么样？"

而且这个问题十有八九会伴随着另一个更加阴险的问题，可以概括为："你做了什么有意思的事？"

咄咄逼人的质问，逼着你为了集体的福祉撒谎。

因为回答"没有"就像往平静的池塘里投一个大石块，可能会打扰所有人。

在集体的想象中，周末不可能糟糕，否则这个世界不再正常运转了。

但更重要的是，一个人如实说出周末的日程安排，意味着冒险暴露自己的阴暗面、空虚面，你巴不得藏在床底下的那一面。人们问你周末做了什么的时候，他们期待的答案是户外活动、照片小说[1]、日光浴，或许隐隐希望听到一两种性病。

于是，在所难免地，当你回答说你整个周末都试图躲在窗后用意念暗杀陌生的路人时，气氛瞬间变得冷若冰霜。

人们会踌躇不定，不知该说"加油"还是"抱歉"。他们会感到内疚。所以你最好调整一下你的回答。

你第一时间启用了"清醒卡"，但这只是强化了你的宅男形象。

"你周末干什么了？"
"上网。"
"好玩吗？"
"忘了。"
"除此之外，你还好吗？"
"这是个好问题。"

事实就是，人们不喜欢听别人谈及孤独。

当人们在食堂与孤独擦肩而过时，他们会把视线移开。

当孤独在排队的人群中拍他们的肩膀时，他们会表现

---

[1] 图像小说的一种变体，即用照片代替漫画中的画格，运用分镜技巧，配合旁白、对话讲故事。——译者注

得若无其事。

你不知道他们是怕被溅到,还是怕被传染。

总之这是个禁忌话题。

于是你为自己捏造了一只宠物,用以填充你荒废的时间,即你的自由时间。现在,每当周末结束你们回到办公室里,你都会描述你和你忠实的伙伴沿着塞纳河散步的情形,你们如何玩球,如何试图抓鸽子,以及它如何在半夜叫醒你,威胁要咬邻居,凡此种种,无穷无尽。

万一有人指责你撒谎,说你既没养狗,也没养金鱼,你就会回答说,宠物只是忧愁的代称之一。

薯条暴政

要说食堂服务员人人生而自由、平等,那纯属胡扯,因为事实上负责薯条箱的人拥有绝对的权力。

在莫洛克集团的食堂里,那位幸运的掌管薯条箱的精英声音高亢,长得像一条发福的牧羊犬。大家称他为"萨达姆·侯赛因"。

他有胡子吗?他戴贝雷帽吗?

不,不。萨达姆·侯赛因只是一个利用自身优势欺压饥饿平民的暴君。

如果他看你不顺眼？下一个！

如果你问好的声音不够洪亮？再见！

你别无选择，只能屈从于他的心情，否则就得在蒸菜陈列台前品尝嘴里沮丧的余味。千万别听别人谈什么推翻既定的秩序，因为别忘了，饿着肚子可没力气闹革命。

今天也不例外。

你和其他人一样排队，心里满是恐惧，双腿发软，想着你要用什么方式取悦他，才能填饱肚子。

从远处看，萨达姆·侯赛因今天似乎心情不错。

他对着每一位轮到的顾客顽皮地喊："我该给这位盛点儿什么呢？"

轮到你时，他瞅了你好几秒钟后说："有没有人告诉你，你长得像'披头士乐队'里的一个人？"

"呃，没有。"

"好吧，我告诉你了。"

"好吧，你真好，谢谢。"

你把盘子递给他，希望他能往盘子里盛满薯条，让事情到此结束。但萨达姆·侯赛因是那种不轻易让事情结束的人。

"你不给我唱一段吗？"

"我真的不会。"

"你不饿吗,麦卡特尼?"

展现在你眼前的薯条前所未有地酥脆、金黄。你的肚子在喊饿。

"怎么样?"萨达姆·侯赛因问。

别管什么自尊心了。

你用力吞咽了一下,闭上眼,唱起了脑海里浮现出的第一首披头士的歌:Obladi! Oblada! La-la laaa![1]

"好了,够了。"他朝你眨了眨眼,然后给你盛了满得溢出的一大盘薯条。

胜利!你的肚子在呼喊:"薯条狂欢!"

你正要一步三跳地回到你的餐桌,只听见萨达姆·侯赛因郑重地说:"下次给我唱《黄色潜水艇》!"

奇服不宜共赏

每家公司都有自己的行为规范和着装要求。

和其他地方一样,在莫洛克,穿暗色系的衣服总是没错的。

倒不是有集体公约要求你戴着灰色眼镜看待人生,但

---

[1] 在约鲁巴语里意为"生活还在继续"。

是可以说，如果不想被同事冷嘲热讽的话，最好保持低调。

因此，一件印着狼头的荧光黄色套衫无疑会受到开放式办公室人员的嘲笑，可是你有一个坏习惯（这能算坏习惯吗？），那就是把别人送你的礼物穿戴在身上。

况且还有傻大个在背后支持你。你在一个"游戏之夜"给他看过一眼你的衣服，他当时举起双臂，吹口哨表示钦佩。

"我穿上后会不会像个服用了摇头丸的保安啊？"

"你开玩笑呢，老兄。这件衣服太棒了！"

"或许吧，但我还是不确定敢穿它出门。"

"你知道杰罗姆·K.杰罗姆怎么说吗？"

"不知道。"

"每个人都应该尽其所能为公众的福祉做贡献。拥有这样一件衣服的人，有义务穿着它出门。"

你走进办公室，你的地缘政治邻桌正埋头读着《队报》的美国职业男篮报道。你坐下，没有发出一点儿声响。他没有抬头。你以为你已经安全过关了，直到他折起报纸，转身面对你，叹了一口气，说："不。"

你装作不明白。

"不什么？"

"听着，我不在乎你的性取向。只要你愿意，你大可以光着上身，屁股上插一根羽毛，坐花车游行。但这里是正经的地方，我们是来工作的，不是来游行的。所以你赶紧把那玩意儿脱了，否则我只能去人力资源部投诉你。"

"可我这件毛衣很不错啊！这是别人送的礼物……"

"那不关我的事。我没法在一棵圣诞树旁边集中注意力。"

恰好路过的莎乐美闻言附和："确实，这不利于工作环境。它会让大家都不舒服。"

四下响起嗡嗡的赞同声。有人偷笑。文化版块的一个女孩把一本杂志放在你的桌上。

"你应该读读这个。"

"这是什么？"

"《男士正装》，一本时尚杂志。"

"谢谢，但我不感兴趣。"

"是的，我看得出来！"

就在这时，始祖来了，他一看到你就放声大笑。

"年轻人！你穿的是什么呀？尊重一下你自己吧！"

"可我能怎么办？听我说，这是个礼物。别人送的礼物！"

文化版块的女孩不依不饶："依我看，送你这个礼物的人见不得你好。"

"那可是我女朋友……"

"你还有女朋友？"

"算是吧……"
"你们俩进展得怎么样?"

这是个好问题。

琐事杂思

你不习惯用第一人称复数来思考,但是这个女孩的情况有些不同:她叫植物,她很酷。非常酷。

你有承诺恐惧症。
一旦跟人谈起将来的项目和约定,你就会恐慌。
你没有未来,是个活在过去的人。知道你的明天会发生什么会让你窒息,让你抑郁,让你想要大喊:"我不是定时烤箱!" 因此你倾向于将你与人的关系置于一种模糊的时间框架内,可以用"随便"和"偶尔"来概括。
迄今为止,植物似乎适应得还不错。
迄今为止。

电话铃响了。
你连"喂"都还没说出口,一阵哀叹就灌入你的耳朵。

你们不能再这样下去了。植物不幸福,你们的关系让她感到空虚,怀疑在体内咬啮她,你没有做出任何安抚她的举动,这让她很难受,她想知道"你们俩"到底算什么。

"啊,这就是你送我这件毛衣的原因吗?"

"你在说什么呢?"

"没什么。"

"你看,我想说的正是这个意思。我从来都不知道你在想什么。"

"可我也不知道我在想什么呀。"

"你看!没法跟你交流!你总是在逃避!永远保持距离!就连我们楼的门房对我都比你热情!"

你很想告诉她看门是那人的职业,他是收了钱才待人和气的,好在她没有给你时间说出口。

"你是一个温暾的人。是的,就是温暾。即便世界在你面前崩塌,你也会无动于衷。"

植物继续抱怨。

与此同时,你无法将注意力从放着你的脏脚的茶几上移开。或许这件家具比你更有感情?难道解开你存在主义之谜的关键就在这里,就在你眼前?也许你一直以来都颠倒了因果,也许你只是一个没有灵魂、没有生命的物体,许多年来一直误以为自己是一个人?如果这就是故事的结局，那该怎么办？

植物的声音把你拉回现实中的谈话。

"嗯？你为什么一句话都不说？"

"我们真的微不足道……"你感慨道，但是语调不悲不喜。

"真的吗？你能说的就只有这么一句？'我们真的微不足道'？"

"对不起。"

你觉得无须再说任何话了。

双重标准

无论话题是气候变暖、全球饥荒，还是在能力不匹配的情况下强求加薪，你们都无能为力，最终总是会聊到超级英雄。

这次是傻大个起的头。他说什么也不肯换饮水机的水桶，理由是这个玩意儿重 3.6 吨，而他又不是超人。你当即指出他言语中的不合理之处。

"就算你真的成了超人，也没什么了不起的。"

"这话怎么说？"

"因为他内裤里面空空如也!"

"你有种再说一遍吗?"

你痛快地答应了他的请求,说超人就是个小丫头片子。

"你怕不是疯了吧?"

"我正常得很。"

"好呀,来呀,你给我说一个比超人更牛的超级英雄!"

"绿巨人。想起来了吗?"

"严肃点儿好不好!"

你没有退缩,坚定地说:"绿巨人,无论何时,无论何地,无论比什么都能干掉你的超人。拇指大战、口水仗、乒乓球、大富翁、《实况足球》、捉迷藏、瞪眼……随便你挑。"

"我该怎么说才能让你明白呢?绿巨人是个怪物,压根不是超级英雄。"

"哦?必须披斗篷、穿连体紧身衣才能被称为超级英雄吗?"

"这是身份的象征:是的,那样更好。你的绿巨人甚至都没有一件合身的衣服。"

"不好意思……并不是每个人都会本能地在拯救世界之前先熨好衣服。"

"你这话是在暗示什么?"

"我只是说你的超人在有些方面着实讲究过头了。"

傻大个咽了下口水以缓解冲击,然后才喊了出来:"但你的绿巨人是个乡巴佬,是个野人!典型的坐没坐相!"

"那么请你告诉我,如果紧身衣开线了,你那位超人会怎么做?他在电话亭里有一套备用的吗?他在斗篷下面藏了一台缝纫机吗?"

"你有时候真是蠢得够呛。我都不知道我为什么不揍你一顿。"

"也许是因为害怕?"

这时候,莎乐美带着她那最美的笑容走了过来。她指着饮水机旁边的水桶问:"伙计们,你们在等什么呢?"

你们俩异口同声地说水桶太沉了,而你们手上有很多活儿要做。

"你们太弱了!"她叹了一口气。

然后,她抓起 10 升的水桶,眼睛都不眨一下,仿佛拈起一根稻草,接着把水桶一下子装在饮水机上。换成别人可能得试个十来回,你们俩当然不止试了十回。

莎乐美才是老大。

有她在,绿巨人、超人和其他超级英雄都可以回更衣室歇着了。

长期合同带来的烦恼

每当合同即将到期时,恐慌的情绪便会充斥整个开放式办公室。谁走?谁留?谁去哪儿?问题太多,人力资源部却避而不答,恨不能一有人敲他们的门就高喊:"我不在!"

你不在乎。解雇你,再好不过了;留下你,算你倒霉。你又不会因此被看作"怪胎与书呆"[1]。

除此之外,这段时期还挺好玩的。

在续约的淫威之下,所有员工都化身为夏洛克·福尔摩斯,到处寻找线索,期望解开他们的职业前途之谜。

"我在沙拉里发现了一片四叶草!我没什么可担忧的了!"

"我梦见了一只三条腿的狗!这是个好兆头吧!"

你和傻大个为了逃离这惶惶不安的气氛,决定去露台透口气。人力资源总监出现在走廊的另一头。你们用手肘互相示意,低声讨论起来。

"我们怎么做?直接问他?"

"千万别,他会以为我们在求他。尽量表现得洒脱点儿。"

你们擦肩而过,互相打了个招呼,微笑寒暄,然后继

---

[1] 出自1999年的美国同名电视剧。

续各走各的路。你们什么都没说。然后，你们进了电梯，傻大个的手臂如风车转动，爆发出喜悦的呼喊。

"好啦！我们得救了！"

"为什么这么说？"

"他对我们笑了！"

"那又怎样？"

"这就证明他会跟我们续约！"

"你怎么知道那不是同情的笑？也许他只是为毁了我们的前程而感到抱歉，他笑也许是为了让自己良心安宁，甚至可能只是因为他嘴里生了溃疡，谁知道呢！假如他已经决定赶我们走，也不可能当面朝我们吐口水吧！"

这就是你们二人组的合作方式。当傻大个看到杯子半满时，你就忙不迭运用虹吸效应把希望全部放干。通常这个时候，他会耸肩怪笑或者引用一句哲学名言来回敬你的宿命论，但此刻他没有心情了。

露台上，文化版块的一位同事懒洋洋地躺着看八卦杂志，脚搭在桌子上。他看到你们耷拉着脸，便一脸嘲讽地挑逗你们。

"喂，伙计们，假期快到了。把泳裤调松，把心情也调松！"

"人家要把门甩在我们脸上了。"傻大个说，"你还期待我们扮成精灵来逗你开心吗?"

圣诞树

尽管有所保留,但总的来说你还是同意了玩这个奇怪的过节游戏。在这个游戏中,人们互赠礼物,既有给予的快乐,也有收获的喜悦,哪怕实际上彼此并不待见。

在这样的日子里,你总是搞不清楚该为自己辩解("我送你一瓶香水,是因为你闻起来像一头老山羊",或者铭刻史册的"我本来想的是送你一把指甲刀,但是那儿没有了,所以就送你这把痒痒挠"),还是该直截了当地道歉("对不起,我真的以为收到一双拖鞋会让你很开心的")。

幸好这次的圣诞树活动有一个公平的规则:预算五欧元,随机分配礼物,不至于陷入算账的旋涡,也就免得到头来,每个人都扯着嗓子说自己付了多少次咖啡钱,而其余的人都欠债不还。

接下来要做的就是找到理想的礼物了,也就是能够反映出你个人特色的礼物。当然这个特色要既符合你的设想,也符合别人的看法。

你思来想去,在面条项链、陀螺和死仓鼠之间犹豫不决,最终选择了简约风:一个空盒子。

大家看到后立即齐齐扭头看你,你心下明白,你选对了。

世纪大劫案

尽管你有事没事就抱怨工作浪费了你打盹儿或者看电视的时间,但是说实话,现在的美差不是随随便便就能找到的。

所以,当手机铃声把你从饭后的迷糊状态中唤醒,你看到屏幕上显示人力资源总监的名字时,你立即换上了最甜美的嗓音:"喂?"

五分钟后,你走进他的办公室。

他匆忙把一个东西收进抽屉里——你认出那是个"比尔博凯特"杯球玩具——然后一没有打招呼,二没有打官腔,直奔主题。

"年轻人……继续和我们一起冒险,怎么样?"

冒险……说得好像办公室的案头工作可以与"八十天环游地球"和"海底两万里"相提并论似的。让儒勒·凡尔纳怎么想？让尼古拉·布维耶[1]怎么想？

人力资源部的头儿都像对待真人秀选手一样对待他们的员工吗？你不得而知。但你知道有时候不真诚才是处世之道，于是你接受他的游戏规则。

"先生……那将是我的无上荣光。"

"啊啊！言重了。"

"不，我说真的。我没有一天不庆幸自己身在我们公司。"

人力资源总监眼神放空，似乎一时间恍惚了。他仿佛意识到了他自己要找到这样一份美差也是何等不容易。时钟的滴答声越来越响亮，你犹豫要不要打个响指唤醒他。他自己回过神来："我们说到哪儿了？哦，对了，你的合同！我们决定续签你的合同，因为你已经是……怎么说的来着……不可或缺的！"

你咬紧嘴唇，以免笑场……每个接触过你的人都知道：你对于这家企业来说就像雪人一样完全可以消失。不过，如果误会对你有利的话，何苦要消除它呢？

"我只是做好我的本职工作，先生。"

---

[1] 尼古拉·布维耶：瑞士旅行家、摄影家、作家。——译者注

签完合同后,总监向你伸出手。

"一定要保持下去。"

"你就放心吧!"

你轻轻地掩上身后的门。

然后,你像一位绅士大盗一样双手插兜,吹起了口哨。一场完美的打劫,兵不血刃,没有仇恨,没有扰民。

新年祝福

你讨厌新年祝福的陋习,它总是像饭前说"吃好喝好"似的被轻易说出口。他们图什么?赐给你几句现成话,接下来的日子就会更好过了吗?

礼貌的套话好听归好听,可就是堵在胃里不好消化。

于是,每当有人虚头巴脑地祝你拥有一大堆美妙的事物——例如爱情、金钱、新发型,尤其是健康,因为健康最重要——你都会简单地回复一句"不用了,谢谢"。

万一新年里有什么好事临头,比方说使命感、幽默感和对他人的好感,你可不愿意感觉欠别人的。

优质文章

人在职场,有时候必须十分努力才不至于无聊死,所以你和同事们琢磨出一大堆打发时间的策略。

套袋赛跑、折纸、扔纸飞机、想象中的辞职信、翻跟头大赛、空气吉他……从来不缺点子。

但给你带来最大欢喜的还是本周最差文章评选。除了在食堂白吃一顿也没什么奖赏,可是荣誉攸关。这是你的独家荣誉。

你是制造空洞句子的宙斯、无意义领域的斯特拉迪瓦里斯[1]、新闻业的阿提拉[2]——你的笔锋所过之处,信息寸草不生。

证据比比皆是。

本周你用一句话获得大家的满票支持:

> 独家新闻:布拉德·皮特不喜欢法式苹果派,嫌它太容易弄脏手。

---

1 斯特拉迪瓦里斯:意大利提琴制作师。
2 阿提拉:古代亚欧大陆匈人的领袖和帝王。

如何在开放式办公室里生存并消失

开放式办公室——这是个美国词，大意是："你不是个人物，你什么都不是，凭什么拥有一间办公室？"极力压缩、最小的成本加一点点萧索的余味：开放式办公室对于工作就像罐头对于食物。

这里没有壁垒，使得人们可以共享多余的信息，例如邻座的比基尼除毛蜡的类型或消化道的问题。这是一套折磨人的装置，介于监狱和电视真人秀之间。

如果我们想让一个腼腆的人难受至死，就可以把他推进去……想让一个手淫成瘾的人收手，没有更好的方式了：每周被监管 35 个小时。连张着嘴发呆都不可能逃过别人的法眼。电话被监听，时间安排表被监视。不光明的竞争时有发生，推进的过程中总有个话匣子过来搭话，好比拿一根棍子别住车轮。什么都不做遭人白眼，做太多了惹人怒目。

所以必须智取。不引人瞩目，融入背景，不惜穿与墙壁同色的衣服——希望它们不是斑马色或鲑鱼色。在走廊里走路，脚步要轻巧如狼。如果卫生条件允许的话，穿袜子走。每次有同事请求帮助时，你都要茫然地盯着他的电脑屏幕。手里永远要拿着一份文件或者信件，哪怕有时候上厕所的时间太长也要备着。等到其他人午间休息时再打重要电话。懂得躲开送别宴，但要牢记往集体存钱罐里放钱：这是和平应有的代价。

学会睁着眼睛、竖着脖子睡觉（有必要的话戴个颈托，有便宜的）。有人叫你做证的时候无一例外耸耸肩了事。永远不站队。不出声。戴着手套敲键盘。手机调静音。尽快挂断电话。不要在说任何一个字时加重音，因为你所说的一切都可能成为不利于你的呈堂证供。

擦鼻子，而不要擤鼻子，跟吹萨克斯风似的。尽量少咽口水。如果被人误认作衣帽架，那就不要动了。万一有人不小心把你当成一株植物，那就更不能动了。不要害怕被人搬回原处。有人把你当成家具，不要抗议。有人把你当成烟灰缸，咬紧牙关。

等待。

等待。

不要失去希望。

运气好的话，他们最终会把你收进壁橱。

喧哗与骚动

冰火不相容。

故事都需要反派来滋养，否则就会丧失紧张感，使人无聊。

办公室生活也难逃这一铁律：必须有一个害群之马给日常生活赋予意义。

你的宿敌是克拉拉，你跟她不共戴天。

她讨厌你，你讨厌她，你们俩都看不得对方。

一种简单而又持久的关系，你们每天都在努力为之寻找新的理由，不惜动用下作的手段。

如果有人问你为什么，你会说你也不知道。

你们忙着恨对方，没时间想那个。

就这么简单。

但你能指出一个细节，那就是她的笑，那恶魔般的笑声可能是这一切的根源——油腻如培根汤，粗俗如巴伐利亚的脏话，就像用指尖在黑板上刮奏出的《马赛曲》，让人忍无可忍。克拉拉的疯笑声响起时，你感觉体内有一团团地狱之火腾起，随后就会生出可怕的欲望：想用脑袋撞墙，想跳出窗外，想扯下她的声带来当跳绳。

杀戮的冲动屡屡涌起，你勉强靠狠狠地擤鼻涕将之疏导出去。

你如此隐忍，却不被理解。你的举动只助长了你对可卡因上瘾的谣言（因为在他们的认知里，社会新闻的专栏作家等于毒品）。这是你宣泄愤怒的方式，只是没有宣之于口而已。

克拉拉完全不在意你，笑得越来越放肆，尽情地展示她的喉咙、食道、胃，以及她那被诅咒的灵魂深处。但你严于律己，紧咬牙关，抓紧手帕，唯愿你唯一的职业抱负有朝一日能够实现——她在你之前被解雇。

交通工具中的超级英雄

天气不错，于是你照例从办公室溜到露台。在这里，最有意思的事情莫过于改变世界。

你和傻大个探讨福楼拜和普鲁斯特中哪一位才是有史以来最伟大的作家。你倾向于福楼拜，他认为是普鲁斯特。

"可福楼拜的文体胜出十倍！"

"你疯了吧！普鲁斯特用一句话就能干翻福楼拜！"

"哦，好。那我告诉你吧，福楼拜骑在普鲁斯特头上，把他压成一张煎饼！"

"但你的福楼拜就是个大嘴巴。狂吠的时候有他,读书的时候不见了。"

"哦,是吗?福楼拜呀,他揍你的头,你这小扫帚,他按着头让你吃玛德琳蛋糕。"

"普鲁斯特让你吃掉你的牙齿。"

莎乐美一直在旁观战,此刻她出手了,先用手背一挥抹去了你们的论据,然后说:"最牛的是史蒂芬·金。"

傻大个反唇相讥:"这个小蠢货哟!如果非要讨厌一件事不可的话,那我就讨厌将文学与俗物混为一谈。"

所幸游戏主管打断了争论,带着用游戏视角看待生活的人特有的微笑。

"伙计们,我有一个拍电影的想法。"

游戏主管的想法有点像"蠢朋克乐队"的歌——听众从来不知道前面有什么,但永远不会失望。你们都迫不及待地问:"什么想法?"

"你们还记得《超级直升机》[1]吗?"

"当然!"你们异口同声地回答。

"我有一个翻拍的项目,名字就叫……《超级地铁》!"

你大受震撼。超级地铁!找奥丁,找查克·诺里斯来演!这是个天才的想法!

---

1 美国电视剧《飞狼》的法语版剧名。——译者注

"故事讲的是一列有超能力的地铁,它有侧翼,还有气垫、导弹,它穿梭于地下交通网络,伸张正义。"

想法本身已完美无缺了,但由于你们没别的事情可做——即使有,面对这样的谈话主题,工作也得靠边站——你们开始各抒己见。

你问超级地铁会不会说话,如果会说,那用的是男声还是女声。莎乐美立即指出女性的声音恰好可以使这个项目更加人性化。傻大个对此不敢苟同,他认为女人驾驶会引发灾难。你觉得这也并非完全没道理,可莎乐美驳斥了这个说法。

然后就是地域之争了:超级地铁将在哪条线路上执勤?你提议8号线,傻大个说2号线,莎乐美想要1号线。

"你们都不动脑子,"游戏主管斩钉截铁地说,"超级地铁除非不上路,要跑就只能跑14号线。"

你们喷溅着恶毒的唾液争论不休。体育主管在不远处抽烟,这时候他突然插了一嘴,说:"搞什么超级地铁,为什么不是超级自行车?"

"你见过会说话的自行车吗?"莎乐美质问他。

"见过——《黑影骑士》。"

"那是摩托车,蠢驴!"

时间一分钟一分钟地过去,又一小时一小时地过去了。

下午结束时,超级地铁已经经过了改造,配有侧翼、斗篷、X射线雨刷,刹车上有神探加吉特[1]的螺旋桨,油门的材料是基本粒子——没人说得上来这个词是什么意思,但大家一致认为它挺酷的。业务已经谈妥了:超级地铁白天过着普通公共交通工具的生活,晚上在拉德芳斯站换装并变身为正义斗士,恶棍们的小命都交代在铁轨上。

项目基本成形,但已到了下班回家的时候。

"谁开车来了?"游戏主管问。

"地铁。"你答道,都懒得组织起一个完整的句子。

"一样。"傻大个说。

集体叹息。

莎乐美说出了每个人心底隐隐想到的那句话:"真是糟透了!"

这不是工作

人们都不太拿你当回事。

留着小马驹的发型、嗓音轻柔的你对此已经习惯了。

---

[1] 出自1983年至1985年美国播出的同名动画片。

即使习惯了,你的言行所引发的嘲笑之多仍常常让你吃惊。

有一说一,在一家日报的娱乐版块做编辑就要做好被当成傻瓜的心理准备。

大家会把你隔离在严肃的讨论之外,看到你读书会很吃惊,倘若居然请你在编辑讨论会上发言,那必然是为了调节气氛,就像正餐结束后叫一只猴子上桌表演敲锣打镲,而宾客们彼此会心一笑:"我跟你说什么来着,他滑稽不?"

最难堪的是,没有人认为你在工作。没有一个人。既然你的文章读起来像笑话,那么同事们便想当然地认为你在胡闹。

而这一点真让人难受。

他们哪里知道,最低限度的用功也会耗去你全部的精力,离开床度过一秒于你而言都堪比《追忆似水年华》那么长,连按电梯按钮都让你感觉劳累。事已至此,居然有人想象你来办公室只是为了享乐,你自然忍不住上火。

为正视听,你开始采用大忙人的做派。你要表现出被一堆工作缠身的状态,你学习保罗·莫朗的步态走路,模仿乔治·康斯坦萨的嗓音说话,你的眉毛簇成一团,目光搅扰虚空，对着空气叹息，只盼着别人都能注意到你的愤怒。不幸的是，总有一个小机灵鬼过来拍一下你的背，把你的努力化为乌有。

"我说，你给我们准备了什么好东西？又是关于明星的橘皮组织的档案？哎呀，你这个浑蛋，小日子过得也太惬意了吧！"

打磨中的营销

能从中看出因果关系吗？

傻大个每次喉咙里塞满油脂时，就会忘记体面为何物，自以为两肋生出了翅膀。你们在食堂吃饭，整个开放式办公室最美丽的女孩也来到你们这一桌落座。你不动声色地擦了擦嘴角并努力摆正坐姿。傻大个含着满嘴的食物跟她攀谈。

"我说，你今晚有什么安排吗？"

"没有，为什么这么问？"

"想跟全巴黎城最差劲的人一起过夜吗？"

最美女孩一个字都没多说，端起托盘坐到旁边桌了。你如释重负，放松脊椎，改回用手抓薯条吃。莎乐美忍不住问："你到底在玩什么把戏？"

傻大个露出抹了番茄酱的微笑答道:"很简单……在你看来,什么是最强烈的欲望?"

"食欲?"

"是好奇心!这叫营销,伙计们。如果我以好人自居,那别人就会指控我做虚假广告。而坏人呢……只要包装盒上标明了,你就什么都没法再指责他了。这是便宜货的基本原则。"

"让人没法指责不假,可也没兴趣一试了。"

"恰好相反。平庸最诳人,有迷惑力。人们会说'不是吧,你太夸张了',而且只会产生一个念头:亲自核实一下。你怎么解释烂片人人看?很简单,因为笨拙能激起性欲。要不然为什么说《房间》是一部经典电影?卓越令人望而生畏,马马虎虎使人心软。"

"那为什么是全巴黎最差劲?为什么不是全世界最差劲?"

"嗐,倒也不必夸大其词,要找到精准的中庸点。斟酌剂量,控制效果……"

"那你这套管用吗?"

"我还在打磨……"

"很不错的技巧。"你一锤定音,一边剥香蕉皮一边说,"我可以偶尔借用一下吗?"

这时莎乐美站起身,把显而易见的事实——伴随着几颗唾沫星——甩到你们脸上："你们，到底，什么时候，才能停止，为没有性生活找借口？"

移动音乐

有人在沉默中工作。

但要是没有音乐，你的头脑就是一片荒原，只有冰冷的风吹过。野草、东一块西一块胡乱堆放的记忆、空的垃圾食品包装纸、一张开膛破肚的床垫、一只破气球。没有一丝大脑活动的痕迹。

对于你这种人来说，灵感如同聚会，不会自己到来。你必须营造一种氛围，一个游戏的场地。你摇头晃脑，期盼一两个灵感掉到键盘上，否则只能是空白页，毫无疑问。

所以当形势逼迫你集中注意力时，你就会不自觉地像木马一样轻轻晃动起来。你尽可能不引人瞩目。桌子上的轻微摆动，眼皮打节拍，肚皮随着低音声部收缩。你跳着肉眼不可见的舞蹈，懂的人自然懂。

但今天下午，你难以自持。

你耳朵里的那首歌让你简直忍不住上蹿下跳。

你两肩起伏如同海啸中的波浪。你哼唱"我准备好了……我准备好了……准备进舞池"。坐你对面的同事，先天性没有笑容的那位，显然跟你不在一个频率上："哦，这里可不是迪厅！"

你很想用一个简单的太空步来回应她，同时举起拳头号召大家推翻既定的秩序，打倒僵化的体制！在完美的世界里，你的穿喇叭裤的全体同事会群起响应，在"灵魂列车"[1]的氛围中呼叫着投身于光明的轨道。但做人要现实点儿，要活在当下：20世纪70年代已经彻底结束了。

你狼狈地试图向她解释这不是你的错：你刚刚发现的这首歌真的太不可思议了，简直是恶魔的声音，听了难以不变成蹦蹦跳跳的袋鼠，除非你是一件家具。

"什么歌？"

"等等，我让你自己来听。"

你绕过办公桌，把耳机戴在她的头上，然后把歌曲倒回开头，按下播放键。

三分钟后，她终于张开嘴，用仿佛来自坟墓的声音向你宣布："看来我是一件家具。"

---

1 美国黑人音乐大奖。

技术特征

1. 你不太拿自己当回事，因为你讨厌被人当成傻子。
2. 你在地铁里读书只是为了躲避别人的目光。
3. 你唯有独处时最有趣。
4. 你开始说话时，不知道自己接下来会说什么。
5. 别人向你问好时，你总是以问代答。
6. 你宁愿躲开欣赏你的人，以免让人失望。
7. 听到别人叫你"先生"的时候你仍会吃惊。
8. 你喜欢把生活看作一场游戏，每个人都收到了规则说明，除了你。
9. 人们往往把你的缺乏自信误认为善良。
10. 如果人际交往需要考证的话，你将无权出门。
11. 你是情绪的色盲，很难区分慌乱与喜悦。
12. 你不介意把你的性器官归入大件垃圾。
13. 你固执地认为答案在书里——这在互联网时代显得有点儿蠢。
14. 你偶尔也会觉得生活是美好的——但闹钟总是应时响起。
15. 无论用什么滤镜，你在照片中都不如在文字中好看。

猜猜谁在门外

每家公司都有自己的色情狂。

莫洛克集团的色情狂是你们的文字编辑。那家伙像台灯，像背景的一部分，又像是从默片里走出来的人物，可是一旦聊起下半身的事，他会立马打开话匣子。荤腥污秽的匣子打开后，里面是一段段关于难以言表的恋物癖那令人难以置信的剧情。他那错位的头脑拥有不寻常的能力，可以把他周围的一切元素转化为色情图像，甚至"便利贴"或"U盘"这种再寻常不过的词汇都能把他顶到昏厥的边缘，唇角流涎，额上挂汗。

文字编辑的另一特点是，他无时无刻不在办公室。当你问他为什么在办公室度过一生时，他以啄木鸟公司[1]的名誉发誓说这不是为了个人荣誉——绝对不是。他来工作，不是为了赚更多钱，不是为了交朋友，只是为了增加自己融入国家统计与经济研究所统计数据的概率——据该机构统计，三分之一的法国人曾在办公室内发生过性行为。而且要知道，那种事没有具体的高发时段。正如他所说："时候到了事情自然成，还是时刻准备着吧。"

这位文字编辑能连续几个小时大谈不用手解开胸罩的

---

[1] 法国最大的成人电影公司。

技艺。他最爱讲的性幻想故事是得不到转正机会的实习生终于扮演绝对主角……但直到他跟你透露他的终极幻想（涉及复印机）的那一天，他的变态才真正给你们提供了笑料。

几个星期后，你们把胸罩和撕开的避孕套包装袋扔得到处都是，误导他认为一场最疯狂的狂欢趁他不在时发生了。计划付诸实践，行动开始。

一位跟你们串通好了的实习生跑进开放式办公室，朝着后排几个人喊："伙计们，会议室里在搞那种大趴，玩得太野了！"

文字编辑从工位上蹦起来。他头发竖立，面色苍白，看起来仿佛低血糖发作了。

"我去看一眼。"他说。

你们都跟上去，像保卫入场前的拳击手一样簇拥在他周围。

"你得亲自参与！"

"你不能眼睁睁看着呀！"

"这是你的猎场！"

他拿纸巾擦了擦额头，低声说："你们说得有道理。"

你们七嘴八舌，甚至劝他脱下了裤子。

"我们不能穿着三件套正装去裸体海滩，同样也不能穿这么多去参加一个热辣的聚会啊。"

"说得有道理！"
"你得调整状态，无缝进入那个氛围！"
"有道理！！"

文字编辑全盘照收你们的鼓舞，如同打了鸡血，上身半裸，裤子退到脚踝上，砰一下推开门，跟里面正在给人面试的人力资源总监撞了个脸对脸。

"有事吗？"

唱歌，跳舞，穿上运动鞋

这天早上，傻大个如履薄冰。

他不想弄脏他斥巨资买的保罗·史密斯牌运动鞋。

这双鞋仿佛刚从高尔夫球场上下来，白得耀眼，侧面五颜六色，让人很难不联想到同性恋的旗帜。你本人是反对"一片灰"风格的，但对他这个配色仍难以苟同。

"你觉得怎么样？"傻大个问。

"可以说立场鲜明。"

"是不是很闪亮？"

"我都被闪瞎了！"

他满脸喜色,向你展示了鞋舌和鞋底上绣的兔子。

作为朋友,你本该告诉他,他活像一个陷入身份认同危机的小丑,但你没资格教训别人,何况他兴高采烈的样子让你说不出口。

这时,体育主管出场了。

他对着傻大个那双闪闪发光的运动鞋吹了声口哨。他走上前,拉起傻大个的牛仔裤裤脚,指尖抚过彩色的绳边。最后,他拥抱了傻大个:"我为你感到骄傲,伙计。是时候了。"

傻大个道谢,带着些许惊讶,但主要是感激。是的,他已经忍受了很长时间的诱惑,始终没敢迈出这一步。价格固然可怕,人言又何尝不可畏?

"我能理解。你是怎么下定决心的?"

"哦,我劝服了自己。毕竟,人只活一次。"

体育主管——眼睛始终没有离开那双七彩鞋——像播音员一样宣布:"大家都来看,傻大个出柜了!"

"什么?"

"他是同性恋者,官宣了!"

傻大个被一群人围在中央,被一声声"太棒了""好样的""我就说嘛"搞得瞠目结舌。

恰好路过的始祖也走过来握住他的手。

"小伙子,你所做的事情是很好的。即便在今时今日,也并非人人都有勇气坦诚地公布自己的性取向。但你不要有疑虑,像你这样的人在这家公司绝对有容身之地。对了,我跟你们讲过没有?本人参加过1970年第一届纽约同性恋骄傲游行。"

傻大个仍然张口结舌。大家开始为他鼓掌,请他讲两句。但出乎所有人的预料,他脱下鞋,缓缓走向敞开的窗户。他把鞋扔了出去。所有人呆立。他赤脚走回办公桌,从上次停下(压根没开始)的地方继续工作。大家都各干各的活去了。你听到有人小声说:"真可惜。最难的那一步他都走过来了。"

加班不留名

你不是那种为了多挣钱而多干活的傻子。
你不需要高价的床垫就能睡好觉。
但时间浪费得太多了,总有一天必须补上。
于是你独自坐在办公室里,面对一大堆拖延已久的工作。
你需要完成一篇讲明星的心结——"他们和我们一

样！"——的文章以填补版面。在等灵感来临期间，你嚼着圆珠笔头在视频网站上看鲨鱼袭击人的视频。突然，人力资源总监推门而入。

在你面前，本尊降临——唯一一个产出比你还低的人……

周五晚上九点。如非亲眼所见，没人能信。

尤其感人的是，他可从没当场撞见过你在工作。

他这下子终于能把你当回事了吧？

你的出现反倒让他很吃惊。

"年轻人！你在这里干什么？"

你开始没话找话，磕磕巴巴地说些套话，向他解释你在工作，应该的，时不时的，何况人不能只靠爱和淡水生活，你是知道的。他面无表情。

"听着，年轻人，我不想把事情闹大。作为夜间守护人，你应该知道外部人员是严禁进入编辑部工作场所的……"

"可是，我就在这里工作呀！"

"是，我清楚得很……那也不行！对了，你的狗呢？它可真听话……"

"什么呀，我没有狗！我是写人物八卦的。"

"什么？"

你破天荒地直视他的眼睛，它们堪称无底深渊。他的脸上写着不信任、厌倦——星际级别的茫然。你感觉自己像《土拨鼠之日》中的比尔·默瑞。同样的对话你们进行过多少次了？还是不知道为妙。你叹口气，准备第一千零一次跟他解释你是干什么的，突然他用一个手势让你明白，他完全不在乎这件事："我只是过来看看这边有没有《队报》……"

你已经无心抵抗了，把报纸递给他，就像把奖杯颁给体育赛事的冠军。

然后你重新开始工作。

新浪漫主义

你们"空气吉他乐队"的周会进行得如火如荼之际，整个开放式办公室最美丽的女孩推开门。

"我打扰你们了吗？"

画面定格。

游戏主管正跪在桌子上模仿"险峻海峡乐队"的独唱；傻大个在假装拿贝斯往饮水机上砸；而你，正趴在墙上发出野兽般的嘶吼，T恤掀到头顶上。

"不是，不是的！我们在准备周一的编辑会……"

"好吧……我只是想问你们一件事,有点儿敏感。"

"出什么事了?"

"你们,作为男人……"

这时候需要第二帧定格画面。

你扎了个马尾辫;游戏主管穿一件印着"我爱俄罗斯方块"的毛衣;傻大个衬衣外面套了件篮球球衣。

最美女孩重新组织了一下语言。

"这么说吧,我想听听你们……男孩的意见。"

这么说就实事求是多了。

游戏主管声音颤抖,用超级任天堂的名誉发誓,她要什么都可以——要他的零食,要他后空翻,要月亮,要牵他的手,随便什么。

最美女孩接着说:"想象一下,你们今天晚上跟一个女孩有约会……"

傻大个没让她把话说完:"诶,这个嘛,我看不行,因为今晚有美国男篮总决赛……"

"你蠢死得了!人家说了'想象'!"

"我不管。我很喜欢女人,但是如果谁想让我错过决赛,一边儿去吧。"

"好吧……"整个开放式办公室最美丽的女孩被迫让步了,"那就假设是另一天晚上好了……"

"我看也是。"傻大个愤愤地说。

"闭上你的嘴,否则我把你开除出小组。"游戏主管威胁道。

最美女孩重新说道:"唉,说起来太傻了。不过,我就是想问问:第一次约会……你们希望女孩穿什么样的衣服?"

总算有一个好问题了!你们仨眼睛瞪得大大的,互相看来看去。谁敢率先开火?一、二、三……开始。

"超短裤!"

"配一条鞭子!"

"长筒靴!"

"扮成莱娅公主!"

最美女孩轮流看着你们仨,满脸错愕的神情。她期待听到的是什么?显然不是这样的。害怕把背部暴露给你们,她后退着走开,一言不发。假如她缺少"男人是动物"的证据,现在你们拱手奉上了。

没有名字,没有徽章

那些妄想成名的人可是来错地方了:你们这家报纸不给人署名。你们的文章完了就是完了,底下只有空白。

好的、坏的文章像鸡蛋，都被放在同一口锅里。

这能怪管理层吗？

保持匿名性可以让员工们步伐一致，全部排成一列，没人出头。知道自己平平无奇的人还会生出想要加薪的念头吗？所有罗马人都会教导你：最能干的船夫都是"自我"在萌芽阶段就已被扼杀的人。

闭上嘴，划船。

何以安放你的笔？

这里不讲究那个，我的朋友。

当然会有人抱怨，强调他们接受过高等教育——"我在普罗旺斯艾克斯大学的技术学院学过新闻啊！"——为被迫匿名而抗议，恨不能看到自己的名字写在地铁的折叠座椅上。

还有人为未来担忧，他们愁的是万一哪天大船倾覆了，这段工作经验的价值不保："说出去谁信？"

最后，还有少数一些人，每天都珍惜盖在自己工作上的保密印章。对他们来说，与关于"走红地毯的理想鞋跟尺寸"的研究公开联系在一起并非多么值得高兴的事。

这样的人，日后倘若被问起这段在人物八卦专栏工作的经历，会心中暗喜，回答："我不知道你在说什么。"

随身邮件

每个人都有罪恶的快感。

有些人在办公室里脱鞋，有些人在食堂偷打两份饭。

你最喜欢的是在厕所出口堵人。

因为在你看来，那个场所最能看出一个人的真实性格。

零技巧，零底气，百分百的不舒服。

而且，说实话，这也是你唯一能感觉到与人共情的时刻。他们发现自己措手不及，无言以对，只能说"真巧真巧"——根据你们的亲密程度，分别称之为快乐的偶遇、倒霉或者诅咒。

有的人转身回去，说把什么东西落在里面了。

有的人低下头，以为此举会让自己隐身。

有些人微笑，不在乎其中可能有什么意味。

最后还有些脾气不好的，威胁说，如果再在这种场合遇见你，就把你挂到衣帽架上去。这种人通常都有难言之隐，最好躲着点儿。

他们在这种情形下脱口而出的话,你百听不厌。

"啊,瞧,还真是!"

"你在呢!"

"这事儿!"

"啊?呃,看……"

"嘿嘿……世界好小啊!"

"好,没完了是吧?"

然而一切相遇都不能托付给偶然。

想精准拿捏时机,就必须掌握肢体语言的艺术。

仅举一例:你的邻座想去方便一下时,那场景简直是一段素描喜剧。

他每次都以咳嗽开场。然后用手指敲击桌面,其频率取决于想要释放的重量。下一步是捏响指关节,如同戏剧开场前的三声钟响,意思是良辰已至,好戏上演。

于是他略显僵硬地起身,重心从一条腿换到另一条腿,眼睛看看左边再看看右边,最后清一清嗓子,低着头嘟囔:"嗯,得去取邮件了。"

你等上几分钟,随后施施然去洗手,一脸无辜的表情,静待着必定会发生的那段对话。他阴沉着脸,一副被抓包的倒霉神情,而你则用天使般的微笑来掩饰,问:"还是没有我的包裹吗?"

"有你的屁。"

升上高空，双手合十

你在其中假装工作的那座大楼高耸入云，俯视一切妄图征服它的人。它是摩天大楼，是通天塔，是最高峰，是没有结局的故事……简言之，它有很多层。

你和傻大个近期最喜欢的打发时间的游戏是"赛电梯"。

不得不承认，这比不上骑愤怒的河马有趣，但在商业区越来越难找到河马了，你们只得因陋就简。

规则比较简单。起跑线在底楼，你们各自拦住一部电梯。三，二，一，出发，率先登顶的人获胜。这项赛事中绝无侥幸可言，你必须用心倾听你的座舱并考虑几个关键问题：它上好润滑油了吗？今天它心情好吗？它的健康负重是多少？

还需要考虑到高峰时段和消化问题：靠近洗手间的电梯是否比面朝露台的电梯更受欢迎？连续按按钮会加快速度吗？应该故意落后以避开高峰吗？可否抢先一步并设法让竞争对手的电梯每层都停？中间换乘？步行完成？（最后一条是规则禁止的。）

这么多问题让这场竞赛成了象棋，甚至成了桌游。你自然要应对各种可能出现的乘客。

而你在小小的金属笼子里居然能碰见那么多人！

有些好奇鬼与人萍水相逢就敢盘问别人——"上几楼？""您是哪位？""您认为四季真的不再分明了吗？"有些话痨逮住人就讲述他们的生活、他们的恶习，乃至他们的跖疣——用时比说"不了，谢谢"还要短。还有些人，只要在场就会让人觉得不舒服，逼得人只能仰头盯着天花板或者低头看脚丫子，看久了，连现实感都要丢失了。

需要说明的是，随着楼层升高，空气会越来越稀薄。员工的着装不同于低层的，必须打领带。你们会变得扎眼，不受欢迎。

今天，一个穿西装、打领带的小个子男人中途进了电梯。他身边有两个保镖。你掐了自己一下，又掐了一下，但你不是在做梦——眼前分明就是共和国前总统本人。

气温骤降，你蜷缩在一个角落里浑身发抖。《星球大战》的片头在你的脑海中不停地播放。你大可以尝试跟他目光接触，或者干脆核实一下他是否如传言中那般穿着高跟鞋，但还是小心为上，他毕竟是"大金鲨"阿兰·贝尔纳的朋友。没必要就别找麻烦。一层又一层。太别扭了。你的牙齿开始打战时，他转向你，主动开口了。

"请问你来这里干什么？"

"我大概是迷路了。"你含糊地说。

"我看也是。"

门开了，他出去了，气温顿时回升。"人性的温暖"这个概念前所未有地清晰。

你会说僵尸语吗？

放假归来后的日子过得有点像活死人的生活。

头骨里的那点儿脑组织已经被太阳晒成糨糊。残余的物质叫人联想起培根汤的汤底。你双臂下垂，说话缺字少词，身体不听话。你眼神憔悴，脚步拖沓，每当走廊里有人试图跟你建立联系时，你都会发出哀号。

"哟，你好！"

"呃呜——"

"最近怎么样？"

"呃呜——"

"你出去避暑了？"

"呃呜——"

但凡你能理清自己的想法，你大概就会求人当场处决你,免得再遭受《土拨鼠之日》里那样残酷的惩罚。上断头台,进狮子窝,跳装满食人鱼的浴缸,都行。

然而你的嘴已经与一切智慧形式绝缘了,你张开它,却说不出任何话,只能流着涎水继续你那送葬一般的步伐,心里盼望着下班之后会有好一点儿的生活在等待你。

尴尬时刻

你与小便池面对面,岁月静好。突然,始祖进来了。

他左一下右一下晃着走过来,以此判断,刚才他喝的不是水。

倒霉……在厕所里碰到领导很难说是好事。

他在你旁边站定。你快速拉起裤子门襟。

"哎呀,小伙子!我吓着你了还是怎么的?"

"没有的事,我尿完了。"

"那也可以和我说说话嘛。"

于是你们俩并肩而立,谁都不动。你找不出任何贴合当下情形的话题。当陶瓷被浇灌的声音响起时,你本能地想发出声音掩盖它,脑子里想到的第一个东西脱口而出:"我喜欢您的鞋子……"

他盯着你的脸看了几秒钟,然后含含糊糊地说了起来:"我不该告诉你,但我喜欢你。是真的,我保证。实话实说,你让我想起了年轻时的自己。风度差点儿意思,这是肯定的。但要说头发,有些地方……"

追忆着昔日发质的光彩,他的脸色暗淡下来。他一滴一滴地排尿,然后,就像在电影慢镜头中一样,他开始摇晃。他试图抓住什么东西,小便池、干手器、你,但都失败了。他仰面跌倒,四脚朝天。

有那么一瞬,你无法动弹,被眼前的景象催眠了。

他发出一声呻吟,你赶忙上去扶他起身。

"还好吗?"

"哦,衰老,吾之敌……"

你出于本能,情不自禁地接着背诵:"难道我活这么大年纪只为了受如此大辱?[1]"

几分钟后,始祖恢复了神志。

你们肩并肩洗手,都没有说话。

你用余光照看着他,因为他手指颤抖,不是好兆头。

果不其然……他突然怒从心头起,把肥皂砸到镜子上,用拳头捶打按压式水龙头,仿佛那是游戏机的按钮。他放

---

1 出自高乃依的戏剧《熙德》第一幕第四场。——译者注

声号叫,脖子上的静脉血管几乎要随之爆裂。

"我曾和最了不起的人共事,听到了吗?最了不起的!我能忍受在这里养老吗?被架空、被无能之辈围在中间?给我见鬼去吧!有一个算一个!我可不是棋盘上的小卒子,我是疯子!我是国王!"

你低下头,心知这一切都可能于你不利。
撞见国王的软弱等同于目击犯罪现场,迟早要付出代价。

不和谐乐章的再现

"你知道他们会给我转正吗?"一个实习生问你,声音里像掺了蜜。

你在他那个位置上待过很久,深知在一个岗位上卖命而不知道付出最终是否有回报会令人感到多么痛苦、不公、懊恼和绝望。

你赶忙安抚他。

"你要知道,这只取决于你自己。"

"什么意思?"

"难道要我掰开揉碎了给你讲解吗?"

实习生咽了下口水。

"我好像没有完全理解。"

"你在逗我玩吗?"

"没有,我发誓,我绝无此意。"

"那我倒要问问你,你为什么没有按照我的要求擦我的电脑屏幕?"

"我忘了……"

"忘了?这也太蠢了吧,因为我也完全可以忘了给你转正。"

该谈谈滚雪球效应了吧?

出于反射作用,或者出于报复心理,你对这个可怜的男孩施加了你在他这个年纪承受过的恶意。或许这就是文化制约的本质:将习俗代代相传而不加质疑。或许这证实了加夫列尔·加西亚·马尔克斯在《百年孤独》中提出的假设:生命的循环可以概括为一个大轮子,一套不可避免地重复的齿轮系统。无论如何,经过了这么长时间,发现自己站到了栅栏的另一边,这感觉挺奇怪的,还有一丝陶醉。

实习生丝毫没有觉察你在这家公司的权力就如同鹰巢里的一条蚯蚓,他再三恳求你,最后把毛衣脱下当抹布用了起来。

他把你的显示器屏幕擦得像一枚崭新的硬币一般。与此同时，你埋头于数独的格子中，但其实你的视线从没离开过他。他有好几次差点儿撂挑子不干了，像上一个实习生一样。上一个实习生在潇洒离开之前用记号笔在开放式办公室的每一个屏幕上涂鸦。

最后，对这种滥用地位优势而稍有愧疚之感的你，用最循循善诱的语气，向他复述了你一直被告知却始终不明其意的话。

"这一切都是为了你好，将来你会明白的。"

实习生点点头，手上没有停止擦拭动作，牙缝里漏出"嘶"的一声，大概可以翻译为："老浑蛋。"

四月鱼[1]

众所周知，四月一日是属于幽默及其各路使者的节日：作弄、戏谑、贴在背上的海洋生物，应有尽有。

但是由于工作本身已经是闹剧之一，所以你们共同认

---

[1] 愚人节的法语是 poisson d'avril，直译为"四月鱼"。在16世纪的法国，新年是从4月1日开始计算的，后来法国国王查理九世下令将元旦改为1月1日。一些守旧派仍会在新历4月1日送新年礼，而礼物往往是一条假鱼。

定，是时候做出改变了，是时候给这个日子应有的尊重了。所谓的"第二层"、暗讽已经够多了。它无处不在：日常生活中；字里行间；在每个人的嘴角；在每个人的脑袋里。干得好，互联网！幽默已经成为常态，几乎成为一种限制。

重塑四月一日昔日尊贵地位的唯一方法就是违背常识，尽可能地严肃。

傻大个的高论是，这样我们恰好走在时代的前沿："悲伤是新的乐趣！"

他说是就是。

这一天在庄严肃穆的气氛中开始了。

每个人都准时上岗。

衣着考究。

新刮了胡子。

你好，我好，眉头紧皱，看到总统发言的搞笑视频也不予置评。

一点儿也不开玩笑，对于被问到的第一个问题回答"在你屁眼里"——哪怕对方问的是订书机在哪里。

没有人可以在编辑会上拿你的娱乐专栏开玩笑。

没有人接电话时用"尿""屁"回应"你好"。

没有人骗始祖刚刚有人在雷岛见到了猫王。

那位被撞见正在用报纸剪"四月鱼"的实习生，被你当面喝止。

"这里不许搞这个,听见没?"

"可今天是四月一日啊!"

"正因如此!我们不是来胡闹的!"

游戏主管极其认真地警告他的组员:"我提前告诉你们,谁敢第一个开玩笑或者露出笑脸,我就把他踢出去!"

哦,快活……无须开玩笑就能感觉到自己的存在,真是太快活了。

简直像是为一个新的文明奠定了基础。

午餐时,你们争相讲悲惨的故事。

地缘政治专家提起了屠杀犹太人事件。傻大个讲了约翰·肯尼迪·涂尔的故事,这位天才作家坚信自己没有一点儿才华,自杀了。体育主管重提齐达内在 2006 年世界杯赛上用头撞人的旧事,并提醒我们,就因为这一下子,法国队的队服上少了一颗星。直到整个开放式办公室最美丽的女孩谈起她的金鱼尼莫之死,众人的情绪才达到了顶点,一触即发,热泪盈眶。

时间久了,消化与无聊合力,使你们都变得情绪低落,显然你们这种玩法维持不了太久。回到办公室,你们冷不丁看到了骇人的一幕。好几个人痛哭流涕。太过分了,谁能想出这样一个主意——把金鱼塞进饮水桶里?

"变态!"

"残酷无情!"

始祖从一张办公桌底下钻出来,徒劳地为自己的玩笑辩解,到头来还是甩门而去,悻悻地说:"在我们那个年代,至少我们开得起玩笑!"

胡子的兴衰史

上周,一场奇怪的流行病席卷了整个开放式办公室。

病源是《GQ》杂志上的一篇文章,讨论今年是不是胡须之年。

"那为什么不说是络腮胡之年?"傻大个喊道。

"为什么不是连心眉之年?"另一个人继续加码。

"或者是鼻毛之年!"又有新的提议。

所有人都笑得很开心,这时实习生认为是时候再添一把火了。

"为什么不干脆说是秃头之年呢?"

尴尬。

办公室里的男人们都在清嗓子,侧目而视,查看邻人的发际线。因为,这是切肤之痛,男人之间不拿秃头开玩笑。光是提到这个词,都要承担它当头砸下的风险。

所以大家都闭嘴了。在这件事上不能抖机灵。

傻大个不怎么怕秃顶——据说因为他的头发是棕色的,所以率先打破了沉默。

"我们征求一下女性的观点怎么样?"

说到"女性观点",大家理解的自然就是整个开放式办公室最美丽的女孩的观点。她的话就是福音,她的回答干脆利落。

"留胡子的男的——可以!"

"秃头的呢?"

"秃头的——不可以!"

几天后,不出所料,每个能留胡子的人都蓄了胡子。小胡子,大胡子,精致的,搞笑的,令人仿佛置身《虎警大队》中。

你们都为崭新的绅士气度而陶然自得,琢磨着是不是该顺势买一顶高顶礼帽了,这时候体育主管走了进来,感叹道:"嘿,这不是《人猿星球》嘛!"

这是时尚的恼人之处。

你远远地追随它,它让你万众瞩目。

你们集体跟随它,它让你们出洋相。

梦想成真

实在躲不过去的时候,你会应工作需求去参加社交晚会:红地毯、开幕典礼、庆祝晚宴。你在小蛋糕和长舌男女之间穿梭,从一个房间到另一个房间,还要牢记艰巨的任务:记下谁去了、谁做了什么,并且截获飘来的吉光片羽。

"我的意思不是梵高被高估了,我只是想说,假如他当初寿终正寝的话,现在就不会被这么多人谈论了。"

"不要,谢谢,我遵循严格的食谱,只喝香槟。"

"事实上,穷人没有意识到自己是多么幸运。"

"我要避免张嘴笑,否则我的外科医生又要骂我了。"

"有人看到我的宠物龙虾了吗?"

有时候,当你实在缺乏素材,或者喧嚣让你无所适从时,你会把录音笔藏在外套下面,向你直言不讳的同行们收集问题。

"你来到这里,开心吗?"

"你的口红是什么牌子的?"

"你认为应该消灭全球饥荒吗?"

低调是你的工作。

但这些上流人士对你持之以恒地视而不见一次次让你吃惊。就像犀牛背上的犀牛鸟一样,这是狗仔的命运。你对他们来说是完全隐身的吗？你从附近走过时，他们能觉察到吗？只是一阵风？也许他们心里也在嘀咕为什么有一个笔记本和一支笔飘在空中？无论如何，你只能感谢他们实现了你儿时的梦想。多亏他们，你变成了幽灵。活幽灵。

丢失的条款

什么都逃不出老大哥的视线。

高楼层的老板们通过一种你不知道的方式收到风声，说傻大个把笔尖伸到了别处，从而违反了排他性条款——源自中世纪的一夫一妻制，规定新闻工作者必须忠诚不贰，否则将遭到暴力驱逐。

人力资源总监亲自来到他的办公桌旁，脸上挂着鬣狗般的微笑。

"先生，作为我们中的一员，你尚不知足吗？"

傻大个一点儿也不傻，立马嗅出了这是个陷阱，说话便结巴了。

"当然满足……为什么这么问？"

"既然如此，我请问你，为什么你的名字会出现在竞争对手的报纸上？"

无人不知这是足以开除人的理由。整个办公室屏住了呼吸，手指悬停在键盘上方。傻大个脸色惨白，无言以对。人力资源总监庄严得像一把蝴蝶刀，接着说："先生，我不瞒你，依法，我应当立即解雇你。但此类决定超出了我的权限，因此我请你去向我们敬爱的总经理当面解释一下。你的命运掌握在他的手中……"

一阵战栗传遍整个开放式办公室。总经理是这家公司的暗物质。念出他的名字会灼伤舌头，他的影子让大地颤抖。他是阴暗面，是背后的寒意。几乎从来没有人见过他，但所有人都极其害怕他。他是象牙塔里的国王，他的办公室位于顶层，只有通过私人电梯才能上去。

傻大个垂下头，像机器人一样跟在人力资源总监后面，而总监的神态比傻大个好不到哪儿去。他们走后，时间仿佛停止了。没有一点儿声响，没人说一个字，没有人有闲心假装工作。因为想多干活而被解雇，这事怎么说都挺荒谬的。

你决心帮你忠实的朋友一把，于是起草了一封抗议信，正打算把它打印出来呢，傻大个回来了。

"怎么样？"

"好了，我没被开掉。"他低声说，精气神都降到胳肢窝底下了。

这一句低语的效果却赛过惊雷。喧嚣恢复了对这个地区的统治权。有些人慨叹这是丑闻，有些人呼唤正义，体育部门的一个人趁机爬上他的办公桌，展示他屁股上的足球文身。

"总经理呢？"女会计忙不迭地问，"你见到他了吗？"

"应该看到了吧。"傻大个说。

"什么叫'应该''吧'？见到了还是没见到？"

"那里很黑，我不知道。"

"你们在上面都干什么了？"

"对不起，我没有权利说出来。"

你抓住傻大个的脖子，恳求他告诉你真相："总经理根本就不存在，对不对？我们是不是在真人秀节目里？"

你的老朋友移开了视线。他跟你说到此为止，他有很多工作要赶，他累了，他再也不想听到人谈论这件事了。

你说"好，行，可以"，然后回到你的工位上坐下，用余光监视着他。

他跟以前不一样了。

你在谷歌搜索栏中输入"洗脑"：有 452 000 个结果。

致总经理

尊敬的总经理：

如果您生起了解雇某个人的欲望，我恳请您不要急于扑向我的朋友傻大个那个易得的猎物。诚然，他出去玩了一把，但他并无恶意，你们就此分道扬镳是不合适的。您还是注意一下我的恶劣表现吧。我放肆、讨人厌、虎头蛇尾；我每天只来两个小时，来三个小时就会搞砸一切，而大部分时间都挂在拍卖网或游戏网站上。不是我自吹，我显然就是您公司里的害群之马。

您不信就去底楼的厕所看看。您会在右边隔间里，就在冲水器的上方，看到我的涂鸦大作："去你的。"它虽不能让您信服我的绘画天赋，却能展示我无差别的敌意。

如果这些都不足以使您改变主意，那么请扪心自问：一个是有工作能力、能另谋高就的人，一个是什么都不是、懒得再找工作的人，解雇哪一个更好？

我期待您做出明智的判断，并用想不出来的词向您致敬。

湍流区

电话铃响了。

始祖叫你去他的办公室。马上!

你乘电梯上去,忐忑不安地寻思着他可能被你激怒的种种原因。某个耸人听闻的标题?文字游戏玩过火了?瞎编的话露馅了?反正事实上,自从你撞见他从神座上跌落后,他就一直不怎么待见你了。

你敲门。你站在始祖面前,他蘸着咖啡吃羊角面包。几秒钟过去了,他的下巴在动,仿佛没有看见你,他衣服上的面包屑越积越多。你心里开始犯嘀咕了,他该不会有什么怪癖,非要人看着吃饭才香吧?他吃下最后一口,才腾出嘴问:"你对自己满意吗?"

他抬起头看着你,那神情仿佛有一条条蛇正从你的鼻孔里钻出来。谨慎起见,你摇了两下头。他突然暴起,把一张报纸甩到你脸上。

"算你有自知之明!我今天读了你写的那一版……你知道我从这篇文章中数出多少个形容词吗?五十多个!简直是耻辱!你明白了吗?你是本报的耻辱!没人请你来创作文学作品。我们要的是事实!还有,关于斯嘉丽·约翰逊的新电影预告片的评论是什么意思?"

"我什么都没说……"

"还撒谎！你说那是'一部能力跟不上野心的电影'！这话是什么意思？你把自己当什么人了，就来给人家上电影课？斯皮尔伯格？库布里克？问题是没人想听你的意见！"

"我没那个意思……"

"先说说你这身打扮是怎么回事？自己看看！你上次去理发店是什么时候的事了？还有这带着破洞的牛仔裤！你以为自己在布朗克斯吗？我很遗憾地告诉你，你看起来……看起来像个垃圾桶！"

你垂头弯腰静待着下一计鞭笞，但什么都没等到。始祖一时间没什么可骂了。

"对不起。"你接口说，"我真的一无是处。"

始祖重新坐下，明显平静下来了，几乎带上了愧疚的神色。

"嗯，好。你不是最有才华的，但也不是最差劲的。"

"你客气了……"

然后，他抓起一个羊角面包，没有过渡，突然问你："你有意写作吗？"

你不知道该怎么回答。说"是"显得自命不凡，说"不"相当于承认自己无能。迟疑之下，你支支吾吾地说："我不太确定。"

"别来这套，可怜的小朋友。互联网上胡说八道，说什么人们不再读书了。我要是告诉你,我的上一本小说卖了多少本,你肯定不敢相信。"

接电话的权利

精神高度集中的时刻。

你正在自己眼前晃动圆珠笔,使之看起来像变软的意大利面条,关键时刻,电话铃响了。

"您好,这里是总机。"

"您好,总机。"

"我给您打电话是因为我们发现了一个问题。"

"哦,是吗?"

"是的,我们注意到您不接我们转到您座机上的电话。您这是不尊重我们的工作。我请您今后在铃声响起时接听电话。"

"我这不刚接了嘛!"

"我已经尝试联系您两个小时了。"

"那是因为我大部分时间都挺忙的……"

"请不要拿我当傻子,先生,我在前台工作:我比任何人都清楚,您大部分时间都不在。"

"不是,那是因为我为人低调不出风头。"

"我懂了。您认为既然我在前台工作，就有理由认定我是个白痴。"

"我可没这么说！"

"可我上过大学。请您记住，您并不比我优越！"

"我从没怀疑过这一点。"

"那就请您尊重我的工作。拜托您——接电话。"

"只是……我不太喜欢接电话。我从来不知道该说什么，跟不认识的人更没话说。"

"您想害我丢掉工作，是不是？您是那种喜欢滥用职权的虐待狂吗？"

"绝对不是。"

"那么——当有人，给您，打电话时，请接听。这事儿没那么复杂吧？！"

"好吧。我向您保证，我会尽力。"

然后，轻轻地，悄悄地，你拔掉了电话线。

同事间的聚会

不拐弯抹角了，有话直说。

同事间的聚会之于工作，恰似过火的笑话之于幽默，过犹不及。

你尽可能地逃避，实在逃不过才去，但不久留。

最后一个到，第一个走。

于是就被人叫作"早睡宝""扫兴鬼"，有时甚至是"小鸡崽"。

但他们不懂你的苦心，你离开是为了他们好。

你留下来，就会喝酒。喝酒，就会醉。在酒精的作用下，你不敢保证会如何了。

你不会撕开衬衫，见人就揍。也不会因为 DJ 放的不是你最喜欢的菲尔·科林斯的歌就扬言要杀了他。更不会见着活物就扑上去，满嘴污言秽语。不，你的问题是酒精会给你带来超能力，而你不能控制它。往鼻头上一按，你就换头了，换声音了，一瞬间变得……

超级丧气。

你的手碰过的满满的杯子会变成半空。你所过之处，笑着的嘴角会耷拉下来。一沾上你，人们脸上的面具掉落，糟糕的回忆涌上心头，昂扬的斗志跌落谷底。这个人告诉你她对旅行的热爱，那个人陈述他的职业规划，还有一个抱怨他的秃头。对每一个人，有多少算多少，你一律回答："然后呢？""有什么用？""真是糟糕，明天也不会更好。"……

况且，无须多说了：你上次去参加一个工作聚会，差点儿说服一个被人甩了的同事用领带自杀。

"你要是挂了,做了鬼也知道她永远都不会忘记你。你会进入历史,说不定食堂大厅还会挂起一块刻着你名字的牌子。"

"你说得倒也不错……"

还好,他的领带太短了。

因为,无论你是否拥有超能力,类似的问题已经够多了,不必再在你的良心上添一条人命。

你在说什么?

闲聊的缺点之一是,它像公交车票一样,是一次性的:外表、天气、胡须。

一遍遍重复,其中的平庸便会使嘴里泛起一股难忍的空虚之味,使人不禁怀疑,用印刷电路替换意识,生活是否会变得更加美好。在办公室求开心的最佳方式是变成机器人吗?

你开始认真思考起了这个问题。

言与行

今天下午，你从后楼梯悄无声息地溜号，迎面撞见了一个家伙，是那种你既叫不上名字也不知道其职务，但又相处得像熟人的家伙。

"嘿嘿嘿，你好哇……是你！"

你伸出手去，他伸出他的手握住，并且没有表现出一丝想要还给你的意思。

"哎，真巧！你来这里干什么？"

越狱被抓现行，此时宜低调。

你短暂地环视四周，希望能找到材料来建立一套《非常嫌疑犯》中恺撒·苏尔那个级别的不在场证明。

你磕磕巴巴地说："我在准备一份材料，嗯，关于法国人最喜欢的楼梯栏杆的材料。"

"你还在这里工作啊？我以为你早辞职了呢。"

苍天在上，埃米尔·左拉的胡子在下！这是怎么回事？你，时刻小心提防，不说话，不生事，怎么这个陌生人都能对你心底的抱负了解到这个程度？你的电话被监听了吗？你博客上的假辞职信被人发现了吗？

突然间，你记起了一切。

几个星期前，你和傻大个在一家酒吧喝了一杯啤酒（甚至可能喝了两杯），大醉，遇见了这个家伙。你们谈论了未来。然后你请大家喝了一轮，庆祝你的离开，并向每一个长耳朵的人宣布你宁愿转行卖三明治或者当清洁工，也不愿意再在一群傻子的围绕下在这块臭抹布上写字了。（唉，酒精……）

此刻人家一脸无邪地问你在这里干什么，你只能埋下头坦言你有时候跟其他人一样，话太多了。

"那我是不是该同理推断出你也不再与娜塔莉·波特曼约会了？"

"我……"

"那你是雅克·迪特隆私生子的事呢？"

"那个……"

"那你即将出版的那本书……"

"不好说……"

缺勤

你的身体好得很，没有偏头疼，腿也不麻，但不得不承认，早上起床越来越难了。当闹钟叫开你的双眼，职场在地铁出口等着，你想罗列出能让你起床的理由——没有。

金钱？脏手。成就？大笑话。他人的目光？地狱。办公室笑话？腻味。中午的焗菜？不好消化。咖啡机？常年故障中。接线员的低胸装？密封了。

因此，你已经得出了结论。

你连续多日"打半场"而没有人说什么，你索性在"消失物种"的道路上更进一步。

对不住闹钟了，你今天早上赖在床上。

你一只眼瞥着表盘，眼睁睁看着早晨长成上午。你翻个身，又翻回来，无法再次入睡。需要打发的时间这么多，你的枕头需要一点儿空间。

你出门，但没有明确的目的地，专走那些名字听起来悦耳的街道。

面包师街。

水城堡街。

小马厩街。

天堂街。

米歇尔·维勒贝克的一首诗与你的脚步声产生共鸣：

> 我心中常怀冬日的寒冷,
> 即使置身于巴黎中心,
> 我依然如同在荒漠中生活。

你厌倦了前行,对自己说,也许是时候尝试一下你早就跃跃欲试的活动了。

你坐在地上。

开始乞讨。

没有一个人给你一分钱,但好几个人冲你微笑了。

够了。

你站起来。

直奔游戏机厅。

周围都是在虚拟世界里挥汗如雨的人,再也没有比这更能让头脑清醒的地方了。亲爱的孤独。

为防有人打电话询问你缺勤的原因,你有一个常备的流感借口,另有干咳和发烧导致的沉默作为佐证。但事实证明,表演是一种职业,当电话铃声打断你在《化解危机》(来自另一个时代的射击游戏)中的战斗时,你什么都发挥不出来了。

在狂轰滥炸的背景音下,人力资源总监问到底是什么性质的疾病导致你没法去上班，你都没过脑子，脱口而出："活着。"

借口

不容置疑的总经理：

我今天早上醒来的时候想，也许是生病的时候了。

我仿佛已经看见您扬起眉毛准备对我说"等等，你上周已经病过了，还有上上周，还有上上上周，以及上上上上周"。对此，我的答复是，确实如您所说。

但我即将透露的事情保证会让您不忍心责备我。您想象一下吧：我今天早上（好吧，是中午）睁开眼的时候，感觉到来自嘴巴最里面的剧烈疼痛，疼得我都从床上摔下来了。本着怀疑主义的精神，抱着宁可信其有不可信其无的态度，不多说了，总之我决定检查一下我的喉咙，想清楚地跟它说说它给我惹的这个事。我私底下可以告诉您：又是药片又是蜂蜜的，这喉咙可花费我太多钱了。

问题就在这里：当光线打到我的舌根时，我有了一个只能用诡异来形容的发现。我的喉咙……不像染了某些扁桃体炎症那样发红带白点，不是海绵状，没有结节，甚至没有嘶哑，都没有。但一望而知，我的喉咙是用纸板做的。

你一定能明白，我需要一定的时间来消化命运带来的这一打击，因为我从此注定要作为一个畸形人生活下去了。

相信我，这并非易事：连象人意识到自身的情况后都请了好几天的病假。

＊＊

尊贵的总经理：

今天，我没来上班，因为我发现了双下巴的苗头。这叫人怎能集中精力工作！

＊＊

可敬的总经理：

今天，我没来上班，因为我晨间洗漱未半，而电动剃须刀坏了。

我不是那种做事半途而废的人，宁可等到我的胡子重新长长，也不愿让您看到一个员工有两副面孔。

* *

亲爱的总经理：

今天我没来上班，因为我右臀长了一颗痘。我无法忍受撅着屁股什么都做不了的局面，于是认为还是躺在床上比较好。

* *

伟大的总经理：

今天我没来上班，因为我迷失在沉思中。

* *

毋庸置疑的总经理：

今天我没来上班，因为我生了口腔溃疡，无法假装开心。

* *

简单的总经理：

今天我没来上班，因为我想不出借口了。

认账

你决定在深陷职业陷阱之前采取行动。

你召集傻大个和莎乐美到露台开会,你称之为紧急会议。他们一来就问你:"是要聊庆祝假期的水枪大战吗?"

你只是摇了摇头。事态严重。在你的前方,塞纳河向四面八方蜿蜒。下面传来汽笛声。你清了清嗓子,艰难地吐出几个字:"朋友们……"

为了准备一篇关于民主制度的文章而通宵读完《高卢英雄历险记》全集的傻大个打了个大哈欠,而偏好熏牛肉的莎乐美闷闷不乐地嚼着色拉米香肠三明治。

"你又想讹我们的钱买咖啡?"

"哎呀,不是。"

"那你摆出这种表情干什么?"

"不干什么。"

"那你要干什么?"

"我在这里工作满一年了。"

逝去的时间的重负突然压在你的肩上。

已经一年了?在旁边那桌,游戏主管正在训斥一个从没听过《阿基拉》[1]的实习生。

"《阿基拉》啊,见鬼!你在学校里学了什么?"

下过雨。地上的水洼反射出道道阳光,晃得你眯起眼睛。也不算坏事,这会使你看起来更加庄严。

"我想我已经受够了。"

"受够什么了?"莎乐美用塞满食物的嘴问。

"这份工作,这个日程表,这一切。"

傻大个打了个激灵,从椅子上一跃而起。

"你怎么能说出这种话?这里是天堂啊!"

"你心里清楚得很,这是一座黄金打造的监狱!"

一分钟的沉默。莎乐美仍在机械地咀嚼三明治。一阵电话铃响,贝多芬如果听见了那铃声会气得诈尸。傻大个发表了长篇演讲。

"有时候,我认为你说得对,失业肯定会更美好。不再有日程安排,不再有同事——随时都可以睡觉、看书、追剧的美好生活。但下一分钟我就会意识到,我们在办公室做的正是这些呀,还有人付工资。所以我只害怕一件事,那就是被人撵出去。"

莎乐美也不再沉默,把面包渣慷慨地喷到你脸上。

---

[1] 1988年大友克洋执导的科幻动画电影。

"别的先不说,你有什么权利停止工作?"

"一年,够多了。我自认为已经还清了欠社会的债务。"

"事情不是你说的这么简单。"

"为什么?"

"因为人得谋生。"

"然后呢?我不喜欢工作,从来都没喜欢过。我看不出来继续工作下去又能怎么样。"

"游戏规则就是如此,你不能凌驾于规则之上。"

"我难道就没有权利觉得这游戏烂透了吗?"

"总有一天你会改变主意的。"

"走着瞧。"

如何潇洒地离职

低调的人活在悖论中。

他们讨厌被人注目,却又害怕被人遗忘。

左右为难,你唯有一条路可选,那就是在离开时让人深深地记住你。如果说记忆是一场战斗,那么你留下的最终印象必须好得足以一招制胜,为你谦退的性格镀上高贵的色彩,扭转局势,解除已经笼罩在你的脑袋、职务、面孔上的失忆的阴影。

今天是续签合同的日子。

你彻夜思考递交辞呈的最佳姿态。你必须轰轰烈烈地走出去……反复讨论之后，大家一致认为暴力不是你的强项，露屁股太俗套了，雇福音唱诗班太费钱，烤蛋糕超出你的能力范围，而搭一个人体金字塔太费时间。

最后你决定尽可能自然地处理这件事。

悠然自得，轻松惬意。

也是最好的。

你在正午前后到达，四周的人漠不关心。这样更好，有那么一瞬间，你还真担心傻大个和莎乐美会泄露你的作战计划。你满意地最后一次环视开放式办公室，用目光拥抱它。你打开电脑，玩了最后一局打砖块游戏。

一两个小时过去了，吃午饭，喝咖啡。

你的同事们被陆续叫去人力资源总监的办公室。

终于轮到你了，你深吸一口气，艰难地起身。看到你这副样子，整个开放式办公室最美丽的女孩贴心地说："没什么可担心的，你看着吧，只是走个形式。"

电梯门开了。你的脑海里响起了"LCD音响系统乐队"的一段旋律：

该走了，
　　该走了。

　你走在走廊里，怀旧之感涌上心头。你被雇用的那天走的也是这条路。一如在《马里奥赛车》游戏中与自己的影子赛跑，希望打破最好的用时记录，你仿佛看到了你的青春的幽灵走在身前，脚步轻快，神情愉悦，浑然不在乎你即将为他的故事写下结局——你们的故事。

　你敲了一下办公室的门。
　没有回应。
　你喝了太多的可乐，以至于肚子都快撑不住了。
　你更用力地敲门，这次人力资源总监笑容可掬地打开了门。
　"年轻人！好戏压轴哇！"
　你还没来得及向他问好，他先抓住你的肩膀，用一种密谋的语气问你："他们说的是真的吗？你想在我的办公桌上撒尿，以此宣告辞职？"
　这叫釜底抽薪还是上屋抽梯，你也不知道了。
　尽管震惊慌乱，你还是硬撑着说："也许。"
　他两手一拍，说："好极了！来吧，你尿，我看。"

不尽不实的故事

你今晚第十次被人央求着描述当时的情形。

你就像一个被人一次又一次点同一支曲子的钢琴家，皱着眉头，捏着指关节，又讲了一遍你如何在人力资源总监——他当时不敢置信——的办公室上撒尿，又如何光着屁股跑过一条条走廊，身后有一群保安追着你。

细心的人会发现你每次讲述都会添枝加叶，其中夹杂的脏话越来越多，你造成的损失越来越大，但所有人都醉醺醺的，没人注意这些。相反，他们都对你充满敬意。

"敬尿神！这事太令人难忘了！"

倘若他们听到了真实版本的故事，恐怕就没这么兴奋了……当你站在人力资源总监的办公桌上，坚定地准备通过愤怒的尿流来递交你的辞呈时，你不得不面对一个事实：在别人的注视下撒尿，你心有余而力不足。过了对你来说宛如永恒的几秒钟后，总监看了下手表。

"你还要酝酿很长时间吗？"

"别说话，我会分心。"

"算了，不麻烦你了。"

事实上，你没有辞职，因为你的合同压根就没有被续签。换句话说，你是被解雇的。

人力资源总监之所以让你在他那里上小号，只是希望借这个由头换掉那张桌子，他嫌那张桌子质量不好，扎手。

说完后，他拥抱了你，并祝你接下来一切顺利。

"我不为你担心，像你这样的销售人员很快就会找到新工作的。"

一切离开都是最终的

情绪高涨！手臂高举！你宣布请全场喝一轮，立马引得酒吧里山呼海啸。趁着大家分神的工夫，你像个小偷一样溜走了。道别从来都不是你的强项。

到了外面，你长长地吸了一口气，仿佛刚才一直在憋气。

被你甩在身后的是你的尊严、一份工作，以及一群值得厌恨的人。你秉持本心，对着每个人低声说："谢谢你浪费的时间。"

你向着贝尔维尔走去，空气甜蜜，夜色温柔。

顺着自由的风走，你感觉到前所未有的轻松。

未来向你展开双臂。人行道的方砖在你的脚下闪烁，路灯随着你的脚步摇摆——恍如在梦中。

一对情侣在拥吻,你笑了。
一条狗在过马路,你笑了。
几个男人在吵架,你笑了。
一个职业介绍所的招牌映入眼帘,回忆中的一句歌词跳出来萦绕在你耳边:"那我现在做什么?"

没来由地,你跑了起来。
就好像跑起来就可以把不确定性甩在身后似的……
你回到你所住的那栋楼的前厅。
电梯门开了。落水狗的味道。昏暗的灯光。
你本能地看了一眼镜子,看一眼没有未来的人是什么样子。

你屏住呼吸。
灯灭了。

尾声

> 你有几次躺在床上也曾问过自己:
> 你伤心吗?你给自己的回答总是莫名其妙,
> 渐渐地也就懒得问了……
>
> ——徐星《剩下的都属于你》

过期产品的安魂曲

这是把忧愁当宠物养的烦恼。

起初,一切顺利。你把它放在枕头下面,看不见的地方,夜幕降临后才在怀念逝去的日子时把它抱在怀里助兴。

后来,它很快就长大了,大得床上放不下了。

于是你把它转移到鱼缸里。它呈凝胶状,绽开,直到长出触手。它是一只水母,半透明,颜色随着时间的推移而变化。你把鼻子贴在玻璃上欣赏它,感叹它的复杂。你怎么也看不够。下雨天的它是如此美丽,以至于让人难以遏制触摸它的冲动——不惜被蜇伤手指。

后来又到了某个时刻,鱼缸也盛不下它的活力了。半章鱼半狗的它现在已经能站起来了,需要带它出门透气了。

尽管你曾发誓绝不让它出门,但最终还是顺从了它的要求。只要不被人撞见你们在一起,你就想,没问题的。因为没有人会怀疑你偷偷饲养了一只忧愁。他们也没必要知道。你逢人打招呼就唱《欢乐颂》,这是个原则问题。只是日子一天天过去……力量的对比开始反转。你用绳子牵着忧愁，然而从远处看，没有人能准确分辨出是谁在牵着谁。

况且，你也逐渐放下了戒心。

有一天，你大意了，竟然带着它去参加一个朋友间的聚会。你意识到这一点的时候已经晚了，来不及回头了。怎么办？怎么说？在他们发现之前，你把忧愁藏到毛衣下面，匆忙装出什么事情都没发生的样子。只是过了一会儿，有人问你：

"你怎么哭了？"

"我没哭。"

"但你就是在哭。"

你努力想放声大笑掩饰过去，但在你脸上玩滑梯的眼泪不断地吸引人们的注意。

"你确定没事吗？"

有那么一瞬间，你想过掏出毛衣底下那个让你愁肠百结的生物给他们看看。但你不能，那样会吓到大家的。谁也说不准它会不会扑到别人的喉咙上，一口咬下……

于是你得出了结论。

你试图用酒精淹没悲伤，然后走"之"字形路线跑回家，以此一劳永逸地甩掉它。有那么几天，你以为自己真的脱离了困境。卸下一层重负的你重新发现了何为快乐。烦恼似乎成了抽象的东西。当一首你喜欢的歌响起时你又开始跳舞了。你的眼皮不再像铁幕一样嘎吱作响。

一天早上，当你醒来时，你感觉到床脚有什么东西。鬼知道它通过什么方法又找回来了，并从门底下溜了进来。它站在那里，在你面前，巨大、黏稠、虎视眈眈。它从此有三个脑袋了。它不满足于只让你听到叹息声。

"现在我是主人。"它说。

你真想问问它从哪里学会了像达斯·维德那样说话，但缠在你脖子上的触手让你呼吸困难。你垂下胳膊放弃抵抗。忧愁盘踞在你的肩头，踩踏你的脑袋，遮蔽你的双眼，堵住你的喉咙，让你看到生活一片灰暗。这回结束了，你任凭它摆布。

从此你的每一个想法都需要经过它的盘问。

"我得起床了……"

"起了又如何……"

"到吃饭的时间了。"

"吃了又如何……"

"得下去倒垃圾了……"

"倒了又如何……"

在幕后掌权人的掌控下，一切都不再有意义。《宋飞正传》，披头士的唱片，吉尔·德勒兹的入门读本，詹妮弗·劳伦斯的笑，不言之言，白天，黑夜，格律耶尔奶酪焗意面，一切，万象，虚妄。

什么都没了滋味，硬寻也寻不着。

内心有一个小小的声音不停地重复着：

无……

无……

无……

无……

床是罐头盒，你被真空包装，整天盯着天花板，寻找一条或许藏着生命意义的裂缝。徒劳。难得有几次你攒足力气起身，忧愁会立刻亮出獠牙利爪咆哮。

"坐！躺下！"

你害怕引发雷霆之怒，于是养成了匍匐前行的习惯。因为它最乐此不疲的游戏就是从天花板上落下来，像蜘蛛一样落在你的肩膀上，把你砸一个趔趄。

晚上，你不再睡觉。

前世的记忆从眼前闪过，但没有引发任何感受。要知道，自从忧愁盘坐在情感之上后，情感就不怎么爱动了。

你偶尔会在镜子前模仿电视里录制的笑声，聊以重温"表达"的感觉，但你的嘴里没有发出任何声音，只有远处传来的汩汩声。

你上网，输入"脑中绦虫"。

仍旧，没有。无。

无法与任何人互动而不显得虚假。你将自己永远地与外界隔绝，独自一人，背负着忧愁。老鼠从你手中抢食，你却连小拇指都动不了。

过去，现在，未来，时间不复存在。

电话响了，你不接。有人敲门，你不应。已经没有朋友的位子了。娱乐，提都不用提了。光是呼吸都会让你疲惫不堪。你发出嘶哑的喘息声，像一只受伤的兽。

在倏然一现的灵光中，你对自己说：瞧，活死人的生活想必就是这个样子。终于，当"不妨自杀"的念头开始以魔法药水的面目出现时，你决定采取行动。

你趁着忧愁背转身的时候打电话给一位医生。

现在你已经明显不能独立走出来了。

你不是它的对手。

不要紧。

这就是人生。

经过几次客客气气的会诊后,医生说服你向他展示你所说的忧愁。你犹豫了。一点点。很犹豫。然后你拉开你的包。看到它蜷缩在包底,没有尾巴也没有脑袋,医生耸耸肩,只说了一句让你笑得——总不会是气得——流眼泪的话。

"我见过更大的。"

几个星期过去了,医生驯服了你的忧愁,甚至赋予它人形。经过一段时间的交替监护后,你最终跟它和平共处了,要知道你们俩之间确实很麻烦,但分手可能会摧毁你。

于是你开始考虑一种远距离的、非排他性的关系,希望各自都能重新生活而不受损害。

这当然不简单,但你们现在能愉快地见面了。

无论何地,无论何时。

再见,西蒙娜。你好,忧愁。[1]

你对此并不陌生。

---

[1] 出自法国作家弗朗索瓦丝·萨冈的同名小说。